Line Papin

Une vie possible

Stock

ISBN : 978-2-234-09286-0

« Et si j'ai raconté quelques traits de mon enfance et de mon apprentissage de femme, c'est que je voulais dire aux autres femmes – surtout aux plus vulnérables d'entre elles – que pour durs et inextricables qu'ils aient pu apparaître, mes chemins m'ont menée vers elles et la lutte commune. Que la faiblesse devient force quand naît la conscience. Et que de cette force consciente doit naître la femme adulte. »

Gisèle HALIMI,
La Cause des femmes.

Écrire ou se taire

Par pudeur, j'allais me taire. Par pudeur, j'allais ne rien dévoiler et passer sous silence cet épisode si intime de ma vie – si intime et pourtant vécu par tant de femmes, vécu par tant de femmes et pourtant passé sous silence... Par pudeur, j'allais passer à autre chose, à l'avenir, mais l'avenir a répété – et même aggravé, dirais-je – cet événement si douloureux, comme si le taire, l'ignorer, participait de son éventuelle répétition...

J'allais me taire pour protéger un secret, un couple, une intimité. Sans doute était-ce là une raison respectable. J'allais ne pas écrire, car c'est une histoire privée. Privée de quoi ? C'est une histoire si privée, oui, qu'elle se prive de récit, de paroles. Certains pensent que c'est une histoire de femme, pourtant cette histoire s'écrit à deux, elle est l'histoire de notre naissance à tous. Je parle de la maternité, bien sûr, de la grossesse, et plus précisément de l'échec de celle-ci, interruption involontaire ou volontaire.

J'allais me taire, puis l'écriture m'a rattrapée. L'écriture ne sait pas mentir, ni cacher : elle agit comme une torche, jette sa lumière crue sur les zones d'ombre. Elle écrit malgré moi, elle n'écrit pas pour le public, elle écrit pour elle-même. Là, à cet endroit, elle s'exprime sans faux-semblants. Elle cherche la vérité, elle s'interroge. L'écriture se fiche de mes histoires personnelles, elle se fiche de mes pudeurs et de mes petites pâmoisons. Elle écrit, c'est tout. Elle accomplit sa mission. Elle ne se prive pas.

Elle se demande comment écrire sur ce qui est le plus spécifique à la femme et qui, pourtant, est à l'origine de nous tous, humains. Venir au monde, mettre au monde, refuser de mettre au monde. Comment écrire sur le mystère de nos naissances, et de ceux qui ne sont pas nés ? Comment écrire sur les possibilités réalisées ou au contraire, celles jamais réalisées ? Tout est en puissance autour de nous, dans l'air, au coin d'une rue, en suspens, partout. Même la vie, même notre présence ici est un hasard, une simple possibilité. L'écriture, outil de recherche, fait surgir les possibilités : elle les réalise, elle les explore.

J'allais me taire, puis je me dis : pourquoi se taire ? Par pudeur, oui, mais vais-je blesser quelqu'un ? Il n'y a personne à blâmer, ni à blesser. L'événement est passé. Qui ma pudeur va-t-elle protéger ? Cette retenue ne ferait qu'étouffer une histoire humaine, qui est elle-même devenue un bruit de couloir, un secret que l'on se glisse entre des portes battantes, un murmure d'une oreille à l'autre, un tabou que l'on découvre seulement quand il nous arrive, alors on se confie, discrètement… On se demande pourquoi on n'a pas su avant, pourquoi personne ne nous a rien dit ? Car nous voulons savoir, nous voulons comprendre. Annie Ernaux a écrit *La Honte* en 1997, et *L'Événement* juste après. Nous ne voulons plus avoir honte de l'événement.

C'est pourquoi j'allais me taire, puis j'ai laissé l'écriture écrire. C'est elle qui a ce besoin impérieux d'explorer la manière dont nous venons au monde. Mettre au monde : pourquoi mettre, comment mettre, et dans quel monde ? Une lettre de moins, et j'entends : être au monde. C'est de cela qu'il s'agit.

La première fois

C'était la première fois que j'utilisais un test de grossesse. Je ne savais même pas où il fallait uriner. Je venais d'avoir vingt-quatre ans, mais la question ne s'était jamais posée. Quand il a affiché *enceinte*, j'ai couru à la pharmacie en demander un deuxième. La pharmacienne m'a répondu que ce n'était pas la peine d'en faire un autre, il n'y avait pas de faux positif.

« C'est certain, vous êtes enceinte ! » a-t-elle dit.

Je suis sortie, déboussolée. Têtue, j'ai quand même frappé à la porte d'une autre pharmacie, sans dire que j'avais déjà eu un résultat. Le pharmacien m'a tendu un test, que je me suis empressée de réaliser une fois chez moi. Une seconde fois, il a affiché *enceinte*.

Ce verdict m'a remplie de joie. J'ai immédiatement appelé mon compagnon et nous avons été heureux ensemble. Nous sommes sortis marcher dans la rue, le cœur empli d'allégresse. Il avait envie d'en acheter un autre, pour vérifier encore une fois cette information qui nous rendait si enchantés. Il est entré dans une troisième pharmacie. La file d'attente nous regardait, étonnée, tant nous riions, tant notre bonheur irradiait.

Il nous semblait qu'un avenir brillant, celui de l'enfant à naître et celui des parents que nous deviendrions ensemble, se déroulait sous nos pieds. Ressortis de la boutique, nous marchâmes à grands pas, à grandes foulées, comme si le futur nous attendait là-bas, au bout du boulevard. Pourtant non, le futur était là, dans mon ventre. Nous sautillions d'excitation. Le soir, nous fêtâmes la nouvelle en dînant dehors. Le lendemain, j'appelai mon gynécologue. Ce dernier me félicita avant de me prescrire une prise de sang, puis une échographie, à réaliser quelques semaines plus tard.

Nous étions heureux. Cependant, le monde basculait : un virus inconnu se répandait à la vitesse de la lumière et tuait des millions de gens. Il fallait s'isoler au plus vite. Comme nous avions deux chats à la maison, mon médecin me conseilla de m'éloigner d'eux tant que je n'aurais pas fait la prise de sang confirmant que je n'étais pas à risque de toxoplasmose, maladie que les chats peuvent transmettre au fœtus *via* la mère. La meilleure solution, dans ce contexte de pandémie mondiale et de grossesse personnelle, nous sembla de partir à la campagne, loin du virus et loin des chats.

Nous prîmes la voiture et nous nous dirigeâmes sans tarder vers cette petite maison en bois, dans la campagne normande. Là, je pensais prendre le temps de vivre cette première grossesse. Il me semblait, égoïstement, presque idéal d'être isolée, loin de la ville bruyante et anxiogène.

En face de la maison, il y avait un centre équestre où j'aimais me rendre. La compagnie des chevaux me maintenait en éveil, dans un sentiment réciproque de tendresse et de crainte. Dès qu'ils voyaient les pommes dans ma main, ces animaux gourmands trottaient à travers champ. Sous les arbres, la verdure émeraude s'étendait au loin, jusqu'à tomber dans la Manche. La Normandie est ce mélange de paysages : la campagne se mêle à la mer, les chevaux de compétition aux vaches laitières.

Ce jour-là, j'entrai dans le box d'un cheval. Cet espace de pénombre, de paille séchée, de crottin et de foin, n'était pas très grand. Le cheval avait tout juste la place de faire quelques pas ou de s'allonger. À l'intérieur, on se trouvait inévitablement contre lui, et la crainte augmentait avec la proximité, mais la tendresse aussi. Dans cet espace, je m'extrayais du soleil et du monde.

C'était un lieu hors des journées, une planque où personne ne me trouvait. On avait beau faire le tour des écuries, on ne songeait jamais à lorgner au fond des box, derrière le corps massif du cheval. Je m'étais cachée là afin de songer à ma grossesse, au fait que j'étais enceinte pour la première fois. Je l'annonçai au cheval noir qui mâchait son avoine tout en m'offrant son encolure comme repose-tête. L'idée faisait jour en moi, progressivement : j'allais être maman. C'était énorme, énorme comme un gros ventre, énorme comme une identité sans retour, énorme comme une nouvelle vérité…

Quand la propriétaire du centre équestre, devenue une amie, passa devant le box, je lui fis signe. Elle me salua, pressée – il y avait toujours quelque chose à faire aux écuries. Toutefois, elle me trouva l'air bizarre et marqua un arrêt dans sa course. « Je suis enceinte », dis-je simplement. Simplement, et pourtant les larmes me montèrent aux yeux : par peur, peut-être. Elle me prit dans ses bras.

Je traversai les écuries et regagnai ma voiture. À peine eus-je le temps de m'asseoir au volant, d'insérer la clé dans l'engin, que mon portable vibra. C'était un message de cette amie que j'avais quittée une minute plus tôt : « Je suis enceinte ! » écrivait-elle. Je crus à une mauvaise plaisanterie : pourquoi ne me l'avait-elle pas dit quand nous nous étions croisées ? « Je l'ignorais. Je venais de faire un test, il chargeait dans ma poche. Au moment où tu es sortie du box, j'ai regardé la réponse qui s'était affichée : c'est positif ! » Nous nous apprenions nos grossesses le même jour, à la même heure. C'était exaltant et fou.

J'appelai les laboratoires de la région. Plusieurs m'éconduisirent, car l'épidémie nouvelle les préoccupait davantage qu'une grossesse banale. Je finis par trouver un endroit où une infirmière, qui s'avéra être la belle-mère de mon amie, put me faire une prise de sang. Elle nous donna l'adresse de la seule clinique qui acceptait de nous recevoir. Le virus se propageait, personne ne voulait risquer d'entrer en contact avec des patientes, surtout si ces patientes n'étaient pas en danger de mort. Quelle était l'urgence de notre requête ?

L'urgence était tout à fait personnelle. C'était l'urgence d'une curiosité. À vrai dire, les premières échographies ne sont pas essentielles, mais nous voulions toutes les deux savoir ce qui se passait dans nos ventres respectifs. En attendant, elle s'occupait de son centre équestre et je me reposais, songeant à cette possibilité nouvelle qui s'ouvrait à l'intérieur de moi, comme un origami, une feuille de papier pliée dans l'eau.

Je me mis à trier ce que je mangeais, à éviter l'alcool, et pour la première fois de ma vie, je pris soin de mon corps. Je n'avais jamais eu de tels égards pour lui. Je n'y avais jamais fait attention, je l'avais trimballé dangereusement d'un endroit à un autre, je l'avais vu se décharner, maigrir, je l'avais enivré, même maltraité, je l'avais drogué, je l'avais ignoré. Je l'avais fait bronzer, je l'avais déguisé, j'y avais appliqué de la crème, je l'avais parfois aimé. Puisqu'il était à mon service et moi au sien, je ne l'avais jamais considéré comme une entité à part entière. Ce fut le cas lorsque je tombai enceinte : pour la première fois, je l'envisageais comme quelque chose d'un peu extérieur à ma personne. Il prenait son indépendance, il n'était plus ma propriété. Ce n'était plus moi d'une manière évidente, mais un organisme qui évoluait aveuglément vers une destinée connue de lui seul. La connaissait-il, d'ailleurs ? Il ne l'avait jamais embrassée, cette destinée d'être mère. Pourtant, il progressait, cellule par cellule, vers ce nouveau but : devenir deux. Je l'observais devenir autre. Comment procédait-il ? Je n'en savais rien. Sans doute lui non plus. Nous expérimentions tous les deux ce nouveau devenir, moi spectatrice amusée et inquiète, lui acteur volontaire, féminin, ancestral.

Ce que je compris, c'était qu'il fallait maintenant prendre soin de mon corps, car il m'avait été confié en vue non seulement de me porter, mais aussi de porter d'autres êtres. D'un coup, il n'était plus mon essence même. Il devenait un outil, qui me permettait d'autres réalisations. Il se plaçait au service des générations à venir. Tel un soldat, il entrait dans les rangs de l'éternelle et antique reproduction humaine. Il y entrait malgré mon esprit : je ne le commandais plus. J'avais l'habitude de croire que j'étais seul maître à bord : je pensais à lever la main droite, il la levait aussitôt. Je mangeais comme un goinfre des semaines entières, il grossissait. Je me mettais au sport, il s'exécutait, muscles et sueur. Cette fois-ci, c'était différent : une petite chose grandissait en lui, qui devenait prioritaire. L'organisme évoluait en fonction de ce nouvel être, et non plus en fonction de moi. C'était doux à admirer.

Étrange dédoublement du corps et de l'esprit ! Pour la première fois, ce n'était plus seulement moi : c'était moi et quelqu'un d'autre. Nous étions plusieurs à compter sur mon corps, qui devenait un contenant à l'intérieur duquel il y avait deux contenus. Ces bras, ces jambes, ce ventre, cette tête n'étaient plus seulement sujets. Ils devenaient aussi objets, objets fabriquant un nouveau sujet. Certaines femmes peuvent ressentir une angoisse, une sorte de claustrophobie face à ce dédoublement, à cette transformation du corps. J'en ressentis une grande joie, une immense curiosité et une certaine plénitude.

Je marchais des heures sur la plage normande. Le sable longeait la côte, de Villerville à Deauville. Il n'était pas encore prohibé de s'y rendre : bientôt, les restrictions dues au virus interdiraient toute promenade hors de la maison. J'en profitais. Les mouettes volaient bas, la mer se retirait pour laisser les rochers respirer. Face au soleil, ils reprenaient leur souffle, ils se laissaient noircir, bronzer. Bientôt, les vagues et les algues recouvriraient leurs têtes dures d'eau visqueuse. Sous mes pas, les coquillages craquaient. J'aimais ce bruit et je promenais mon corps, imaginant que l'air marin lui ferait du bien. Parfois, j'enlevais mes chaussures afin que la plante de mes pieds prenne contact avec le sol mouillé. J'étais vie, élément mouvant parmi les autres éléments mouvants. Je faisais grandir mon futur bébé, dans mon ventre et dans ma tête, je lui donnais de la place. Quand le soir tombait, la marée remontait. Le soleil plongeait dans la mer et le paysage s'éteignait.

Magie de la biologie, magie des cellules et de tout ce mystère, magie de la reproduction et de la naissance, de la création. Les seins se tendent, les hanches s'élargissent, les cuisses s'arrondissent, le bassin s'alourdit, le ventre grossit. Seule une femme peut voir son propre corps se transformer pour créer une autre vie, avoir l'exaltante ou angoissante sensation de devenir deux. J'ai découvert cela à vingt-quatre ans, et j'en étais heureuse. Je passais mon temps à manger du chocolat en barre. Je ne me refusais rien. Lorsque je regardais un film et que le personnage mangeait du saucisson, j'avais une envie irrépressible de saucisson. Pourtant, j'avais toujours détesté le saucisson. Ces petites lubies me faisaient rire, je me surprenais à ne plus me comprendre. J'aimais me regarder dans la glace, comme s'il était déjà possible de déceler une rondeur au niveau du ventre. Il me semblait gonflé, je guettais la moindre douleur. Parfois, je sentais un pincement, comme un petit éclair, une vibration électrique, légèrement douloureuse. Je me disais : c'est bon signe, il grandit.

Double espérance

Enfin, le fameux jour de l'échographie arriva. Plusieurs kilomètres nous attendaient jusqu'à la clinique, qui se situait au Havre. Nous nous perdîmes dans les boucles infinies que dessinait l'autoroute. Nous suivions le GPS, puis nous ne le suivions plus, nous ne trouvions pas, nous revenions en arrière, nous allions en avant... Sur le chemin, nous mettions de la musique, nous chantions. Le soleil était haut dans le ciel bleu, nous étions gais, impatients. Je chantais les refrains à tue-tête, mon compagnon me disait de baisser le volume, car nous étions encore perdus, il ne pouvait pas suivre le GPS, nous riions. Arrivés devant le bâtiment, les infirmiers nous prévinrent qu'à cause de l'épidémie qui progressait, les patients n'avaient pas le droit d'être accompagnés. Il fallait limiter les contacts humains. J'allais donc voir la sage-femme seule, tandis que mon compagnon m'attendait dans la voiture.

Le virus avait vidé les couloirs : il n'y avait plus personne. On m'indiqua gauche, droite, premier étage. Plus j'avançais, seule dans cet hôpital inconnu, plus mon assurance diminuait. Ma joie laissait place à une certaine appréhension. La sage-femme m'attendait à l'étage indiqué. Elle me fit entrer dans le cabinet avant de m'expliquer que nous allions observer le sac à l'intérieur duquel se situe l'embryon. « Un sac est comme une poche dans laquelle le bébé grandit », dit-elle. Selon la taille du sac, on peut dater la grossesse, savoir à combien de semaines on en est, et voir si l'embryon évolue correctement à l'intérieur. Elle me fit passer à côté, enlever mon pantalon, m'allonger sur le fauteuil. Elle procéda à l'échographie et découvrit, avec étonnement, la première surprise : il n'y avait pas un sac, mais deux ! C'étaient des jumeaux.

Un instant, je me tus. Je n'avais jamais pensé à cette possibilité. D'un coup, mon corps m'appartenait encore moins, ma vie m'appartenait encore moins. C'était magique : moi qui avais cru être deux, j'étais trois ! L'avenir que j'imaginais avec un bébé, voilà que je devais l'imaginer avec deux. Tout se dédoublait, j'en eus le vertige. J'étais heureuse pourtant, heureuse que la vie me fasse une surprise aussi drôle. Oui, c'est ainsi que je le vécus d'abord, avec effarement mais avec humour. Avec effarement car comment, me disais-je, vais-je porter deux personnes dans ce corps déjà si petit ? Est-ce que cela ne va pas me faire trop mal ? Comment vais-je accoucher ? Est-ce que cela ne va pas être trop éprouvant ? Et avec humour pourtant, car quelle joie d'avoir deux enfants qui partagent le même visage, quelle joie d'être trois, je trouvais cela réjouissant, romanesque, captivant.

La sage-femme me dit que les sacs étaient à la bonne taille, mais que l'on ne percevait pas bien les embryons. Il fallait revenir dans deux semaines, pour s'assurer qu'ils avaient bien grandi. S'ils ne grandissaient pas, la grossesse échouerait. Ce dernier point me troubla : personne ne m'avait prévenue que la grossesse pouvait échouer. Bien sûr, j'avais entendu des histoires de fausse couche, mais si rarement qu'il me semblait que cela n'arrivait qu'aux autres. Cela ne pouvait pas m'arriver à moi. Ma mère avait été enceinte deux fois, elle avait eu deux enfants, sans encombre. Une complication lors de la grossesse, je pensais que c'était extrêmement rare. Je voyais encore la maternité comme un fleuve naturel et tranquille. Je n'en savais rien du tout.

La sage-femme nota le rendez-vous dans son agenda. Elle voulait vérifier qu'ils grossissent bien. Elle me dit que ce n'était pas garanti. « Mais s'ils arrivent, ils sont deux, hein ? » Elle avait dit cela en pointant deux doigts dans ma direction. J'ai répondu oui, en souriant. S'ils arrivent, ils sont deux.

Chancelante, je suis ressortie de l'hôpital et j'ai retrouvé mon compagnon sur le parking. J'avais envie de m'effondrer, parce qu'ils étaient deux et que nous ne l'avions pas prévu, parce qu'ils étaient deux mais qu'ils n'étaient pas sûrs non plus d'être là, ils étaient potentiellement deux, potentiellement un, potentiellement zéro. Au fond, on ne savait pas trop. Parfois, l'un des jumeaux grossit et l'autre se décroche. Parfois, les deux survivent. Parfois, les deux se décrochent. Moi qui pensais que ma grossesse allait se dérouler de manière idyllique, voilà que j'étais projetée dans l'incertitude, dans la vérité clinique et médicale, non plus dans un conte de fées.

Un coup de téléphone à mon gynécologue confirma le fait qu'il fallait simplement attendre. Aucune attente ne me parut aussi longue ni aussi pénible que celle-ci. Les jours passaient avec ce doute qui grossissait dans mon ventre. Ce n'étaient plus deux embryons qui grandissaient, mais un doute : étaient-ils vivants ? S'accrochaient-ils ? Je me mis à regarder les vêtements pour bébé et j'étudiais les étapes de la croissance de l'embryon puis du fœtus, notamment chez les jumeaux. Je me projetais dans cette aventure folle. Je regardais les doubles poussettes, les doubles transats, les doubles couffins… J'imaginais le futur en double. Soudain, ma vie se transformait et je réalisais combien la maternité change une femme, son corps puis sa vie. C'était là, oui, dans mon corps, je pensais être mère pour la première fois, et doublement mère. J'adorais et j'appréhendais cette aventure. Je pensais à la mythologie grecque, aux jumeaux Castor et Pollux, Rémus et Romulus, Apollon et Artémis, Éole et Béotos… J'aimais cette idée originale de mettre au monde deux individus partageant la même naissance.

Tout ce qui allait par deux me faisait penser aux jumeaux. Camus appelait les siens « la Peste et le Choléra ». Double vie, doublon, double visage… Nous n'avons pas de portées, nous les humains. Les portées sont des miracles qui se nomment jumeaux, triplés, quadruplés… Les jumeaux sont deux oiseaux sur une branche, deux chats sous un arbre, deux chiots qui jouent ensemble sur la plage, deux coccinelles dans les herbes hautes, deux fleurs qui partagent une même tige… Je voyais les jumeaux partout.

Mais l'attente nous consumait. Cette hypothèse que les zygotes, tels que nous les appelions, ne grandissent pas, nous faisait trembler. Ce terme, nous le trouvions rigolo, cela nous aidait à en rire : faites que les zygotes s'accrochent, faites que les zygotes tiennent le coup. Les promenades sur la plage ne se passaient plus dans une béatitude faite de rêves et d'ignorance. Elles étaient teintées de la lumière vive de l'espoir, et de celle plus sombre du doute. J'oscillais entre les deux, entre la plénitude dans laquelle je voulais plonger mon corps, m'imaginant marcher avec les jumeaux sur ce sable doux, et l'incertitude de leur venue. Je me disais : respire bien l'air, emplis-toi de cette étendue d'eau marine. Cependant, je me disais aussi : je ne les ressens plus au fond, je ne sens pas qu'il y a quelqu'un, là, à l'intérieur. Ils sont partis. Leurs cœurs ne doivent pas battre. Puis, une mouette passait en volant, les lumières du Havre s'allumaient au loin, les grues des chantiers et les conteneurs formaient des silhouettes d'immeubles américains. Dans le noir, on aurait cru New York... Alors, je reprenais espoir, je me disais, peut-être qu'ils sont là, après tout, peut-être que leurs cœurs battent, qui sait...

La veille du rendez-vous, j'allai me coucher tandis que mon compagnon priait. Il n'avait pas prié depuis longtemps, mais cette nuit-là, me confia-t-il plus tard, il avait prié pour les zygotes.

Verdict

Nous prîmes la voiture une seconde fois pour Le Havre. Cette fois, plus de musique, plus de chants, plus de soleil haut dans le ciel, plus de nœuds infinis sur l'autoroute en sifflant, en dansant. Cette fois, nous étions sérieux, nous étions raides. Nous filions directement vers la clinique, avec l'angoisse de recevoir une mauvaise nouvelle. Cependant, je me disais qu'il ne fallait pas angoisser, car l'angoisse allait décrocher les zygotes. Il fallait être heureux, le bonheur les aiderait à s'accrocher et à grandir. C'était dans la tête aussi, me disait-on, c'était un cercle qu'il fallait rendre vertueux. Je m'efforçais d'être sereine.

Je connaissais le couloir, l'étage, la sage-femme. « Comment allez-vous ? » J'allais bien, je n'avais pas saigné, rien à signaler, mais j'avais le trac. Elle m'indiqua, comme la dernière fois, d'enlever mon pantalon, de passer dans la cabine et de m'allonger sur le fauteuil. Je le fis.

Elle cherchait avec son outil à l'intérieur de mon corps. C'est une sensation désagréable, bien que le geste soit exécuté dans un contexte parfaitement médical. Tout de même, c'est étrange d'être allongée là, de manière impudique, dénudée, à se faire regarder les organes, l'intérieur du bide, par une inconnue. L'écran me montrait le résultat, en noir et blanc. Deux petites poches apparaissaient en relief, grises dans le liquide noir. La sage-femme bougeait un peu l'outil, elle essayait de regarder, de trouver une évolution. Il n'y en avait pas. On n'entendait même pas les cœurs battre. Il n'y avait rien. Ils n'avaient pas évolué. Elle était désolée.

J'étais triste, bien sûr, mais pour atténuer cette tristesse, je fis comme si de rien n'était, comme si je le savais déjà. À l'intérieur de moi-même, j'essayais de me persuader que je l'avais su, que ces semaines d'attente n'avaient pas existé, que je n'avais pas cherché les doubles poussettes, les doubles berceaux, que je n'avais pas mangé tant de chocolat, que je n'avais pas imaginé la vie à trois, à quatre, que je n'avais pas vu *enceinte* sur tous ces tests qui m'assuraient une grossesse, la pharmacienne l'avait dit, c'est sûr, vous êtes enceinte, sûr, mais non, ce n'était pas sûr, en tout cas ce n'était pas sûr que j'allais avoir un bébé, ni deux. Cette certitude, cette joie, cette incertitude, cette attente, cette déconvenue, cette tristesse se mélangeaient encore en moi, tandis que la sage-femme me priait de passer dans la salle d'attente où le médecin viendrait me chercher. Quel médecin ? Celui qui me prescrirait les médicaments pour enlever les sacs de mon corps, les expulser, dit-elle.

À ce moment-là, et pas avant, je ressentis la violence de ce qui arrivait. Assise dans la salle d'attente, je n'avais aucune envie de voir ce médecin. Pourquoi attendais-je ce médecin ? J'étais venue pour une échographie, pour voir si mes zygotes avaient bien grandi. Je n'étais pas venue pour que l'on me prescrive des médicaments afin de les enlever ! Ce n'était pas là le sens de ma démarche. J'étais enceinte. Pourquoi me prescrire ces médicaments ? N'y avait-il aucune chance ? Le médecin venait déjà me chercher. Il me demanda, vu mon âge, si c'était une grossesse désirée. Je ne compris pas l'intérêt de cette question : en quoi cela changeait-il quelque chose qu'elle soit désirée ou non, puisqu'elle était annulée ? Il me prescrivit des médicaments, deux à prendre tel jour, puis quatre tel autre. Cela se passerait sur deux jours, c'était à faire chez soi. « Ne soyez pas trop loin des toilettes, préparez des serviettes, une bouillotte. Vous allez beaucoup saigner, dit-il, si vous faites une hémorragie, appelez les urgences. » Puis, il me communiqua la date d'un rendez-vous à jeun, le matin, pour une opération sous anesthésie générale. Si les médicaments ne fonctionnent pas, il faut opérer, dit-il. Et il nota le rendez-vous, comme s'il était déjà convaincu que ses médicaments ne marcheraient pas. « Je vous raccompagne. »

Lorsque nous arrivâmes au rez-de-chaussée, il me désigna une porte verte au fond : c'était là que je devais me rendre lors du prochain rendez-vous. « Pas la peine de monter. Je vous attendrai directement dans la partie accouchement et opération. » Il ouvrit la porte afin de me montrer l'endroit exact où je devrais aller. Nous traversâmes un couloir ponctué par des berceaux. Les salles d'attente et d'opération étaient au bout. « Ce sont les salles d'accouchement », précisa-t-il, face à mon regard étonné. Je perçus comme une fierté dans son propos : fier d'être accoucheur. Mais lui ne saisit pas le sens de mon étonnement : je n'étais pas étonnée de voir tant de berceaux, j'étais étonnée de l'indélicatesse avec laquelle on faisait traverser un couloir où les femmes accouchaient précisément à des femmes qui ne pouvaient pas accoucher. Ainsi fallait-il passer devant tant de berceaux avant de rejoindre la salle d'opération dans laquelle on nous retirerait nos sacs embryonnaires. Mon regard s'attardait sur un berceau vide quand le médecin s'exclama : « À la semaine prochaine ! Bon courage. » Il me serra la main puis disparut dans l'hôpital.

Je ressortis, dévastée. Comment les choses avaient-elles pu s'enchaîner aussi vite ? Comment avions-nous pu prier pour les zygotes, aller à ce rendez-vous et finir avec cette ordonnance ? Je n'avais pas envie d'anesthésie générale, ni d'opération. Je n'étais pas malade ! J'avais voulu cette grossesse. Comment pouvait-elle me conduire à une opération ? Je m'affalai sur le siège passager de la voiture, laquelle sentait l'essence et le cuir. « Une opération, tu es sûre ? Appelons ton gynécologue », réagit mon compagnon. Il composa le numéro du médecin, qui lui demanda l'échographie et l'ordonnance afin qu'il les vérifie. Une opération ne lui semblait pas du tout nécessaire à ce stade de la grossesse. Toutes ces paroles médicales formaient une ronde autour de mon corps vide, corps glorifié, mystifié une heure plus tôt, et soudain sujet à un débat, médicaments ou opération, comme un corps malade. Le ciel était gris, le parking avec ses places vacantes aussi. L'hôpital était désert, ça puait la pandémie, l'apocalypse, la pénurie... Pas la peine d'opérer, confirma mon gynécologue, les médicaments prescrits sur l'ordonnance n'étaient pas les bons. Le médecin du Havre m'avait donné les pilules pour expulser les sacs, mais pas celles pour les décrocher. Ceci expliquait l'hémorragie possible, et la quasi-certitude que les sacs seraient encore là lors du prochain rendez-vous, d'où l'opération. Mon gynécologue me fit une nouvelle ordonnance, avec les médicaments appropriés.

Tout le long de l'autoroute du Havre, je pleurais à chaudes larmes, maudissant cette autoroute de malheur, ce pont de malheur, ces nœuds de malheur. Moi qui étais censée être une future mère, femme enceinte, figure sacrée, idole porteuse de vie, voilà que j'étais réduite à un bout de chair auquel on attribue la mauvaise médecine, que l'on va taillader sans raison si ce n'est celle de facturer, et que l'on va opérer de quoi ? Des bébés qu'elle n'a même pas su créer. Tandis que mon compagnon allait chercher les médicaments à la pharmacie, je maudissais tout, je pleurais de tout.

Sans doute étais-je naïve, mais personne ne m'avait prévenue. On vous dit que vous êtes enceinte, de manière certaine. Alors pourquoi n'était-ce pas certain ? Il fallait bien une cause. « Les fausses couches sont courantes », me dit mon gynécologue, c'est très fréquent et ça a toujours été très fréquent, nos grands-mères les vivaient aussi, seulement ces échecs sont devenus plus réels avec les échographies et la modernité. Nous les voyons, nous les vivons en connaissance de cause. J'aurais préféré l'ignorer, c'est vrai. J'aurais tout ignoré et, un jour, j'aurais perdu les jumeaux sans comprendre ce qu'il m'arrivait.

Les jours suivants, j'ai appliqué les consignes, j'ai avalé les pilules et ressenti des contractions comme je n'en avais jamais senti auparavant. Encore une fois, mon corps me révélait des sensations inédites. Il expulsait des choses, à travers ce minuscule accouchement. Les grandes contractions donnaient lieu à une course folle jusqu'aux toilettes, avec traînées de sang sur le chemin, comme si l'on avait égorgé une bête morte. La bête, c'était moi.

Puis, je courrais carrément à la baignoire, les W.-C. ne suffisant plus à contenir ce jaillissement de rouge, de brun, de blanc, de rose... Un regard lancé furtivement au kaléidoscope de boyaux et de selles dans la baignoire, éclats abstraits et cramoisis à la Pollock, mais couleur Rothko, me fit tourner de l'œil. Le fameux sang des femmes... En fin de journée, les contractions se sont faites moins nombreuses. La douleur a diminué. J'ai compris que c'était fini. Cette aventure était devenue du passé : évanescence des jumeaux.

Le dernier rendez-vous de contrôle au Havre nous assura qu'il n'y avait plus rien dans mon ventre. L'outil chercheur remuait à l'intérieur, et le médecin intrigué dit : « Il n'y a plus rien. Pas besoin d'opérer. » Je ressentis comme une petite victoire à l'intérieur de mon corps : victoire d'avoir déjoué la fausse ordonnance, victoire d'avoir évité l'opération... Mais très vite, je me rappelai à quoi cette victoire était véritablement liée : à la disparition des jumeaux. « Il n'y a plus rien. » Alors, cette victoire s'assombrit avec l'intensité d'une grande défaite. Après cela, plus personne ne me parlerait des jumeaux... Cependant, le mot résonne encore en moi : jumeaux. Pas une seule fois je ne l'entends sans penser à la fausse couche, aux jumeaux que j'ai portés sur l'autoroute du Havre.

J'avais les photos de l'échographie. Je les ai laissées dans la maison de bois, dans la campagne. Je les ai laissées avec l'espoir, avec l'attente, avec le désespoir, avec le sang. J'aurais aimé les avoir, ces jumeaux, et je me surprends à lorgner les doubles poussettes que je vois désormais passer dans la rue. Je me demande ce que ça aurait été...

Mon amie a mené sa grossesse à terme. Quand elle a accouché, j'ai pensé que j'aurais eu mes bébés au même moment. Ce qui m'a étonné, c'est la vitesse avec laquelle l'événement s'évapore, s'évanouit dans le silence. Ce n'est pas comme la mort de quelqu'un, matérialisée par un autel, une tombe, une urne. C'est la disparition d'une possibilité jamais concrétisée. Cependant, parfois, la mère avait commencé à rendre cette possibilité vivante, en nourrissant dans son cœur ce projet. Et ce rêve n'est pas seulement un rêve, car sa disparition n'est pas seulement mentale, elle est aussi physique : c'est un rêve qui s'en va dans un filet de sang, qui coule dans les toilettes et que l'on balaie en tirant la chasse. Ce sang-là, ce ventre-là, c'est celui d'une femme. Et qu'a-t-elle entre les mains, qu'a-t-elle contre son cœur, après ? Après, il n'y a plus rien. Les paroles heureuses, les congratulations, les vœux dont on la couvrait quelques semaines plus tôt s'évaporent eux aussi. Personne ne dit rien, ensuite. On remarque que le ventre n'a pas grossi, qu'il n'y a pas de poussette, pas d'enfant. Alors, on n'ose rien dire. Que peut-on faire de mieux ? Par pudeur, par respect, par délicatesse, on passe ça sous silence.

« Maintenant, il faut penser à l'avenir », m'a-t-on dit. C'est vrai, mais parfois on aimerait un petit tombeau, une petite cérémonie, un petit au revoir… J'ai connu un couple qui avait fait un minuscule totem et organisé un adieu, ainsi. Ce n'était qu'une fausse couche, ça arrive à beaucoup de femmes, ce n'est rien, dira-t-on. Mais, pour certaines femmes, ça peut être beaucoup.

Miraculés

Après la nuit vient le jour. Cette disparition des jumeaux m'a tout de même conduite à une bonne chose : elle m'a rappelé le miracle d'être en vie. Ils n'étaient pas nés. Je l'étais. Les gens autour de moi l'étaient. Nous avions eu la chance, miraculeuse, d'être nés. J'aimais encore plus la vie, après cette fausse couche. C'était la seule issue vers laquelle cet échec pouvait tendre : je devais comprendre combien l'existence était fragile. Elle devenait soudain si précieuse, si aléatoire.

De retour à Paris, je trouvai un cadeau dans mon appartement, une statuette dorée représentant un bébé potelé. Des amis me l'avaient offerte. Je leur avais annoncé trop tôt cette grossesse. Touchée par leur geste, je me trouvais pourtant bête avec ma statuette : je n'avais pas attendu un, mais deux bébés, et puis je n'en avais eu aucun. Je la rangeai sur une étagère. Gênés, ils m'assurèrent que ce n'était pas une statuette de bébé mais un porteur. Personne n'était dupe et nous nous sourîmes tristement. Nous avions une chambre en plus dans l'appartement, et nous l'envisagions comme la chambre des jumeaux. Cette pièce resta vide. J'avais mis les peluches de mon enfance dedans, d'une part parce que je ne voulais pas les jeter et ne savais pas où les mettre, d'autre part parce qu'elles me faisaient penser à l'enfance, à laquelle cette chambre était destinée. La tristesse d'une chambre vide, c'est quelque chose. Assez ironiquement – d'une ironie qui sera encore plus prononcée par la suite –, il y avait un néon dans cette chambre, un néon rose qui représentait des lettres, une phrase : *Life is beautiful.*

Je m'asseyais parfois dans la pièce et je regardais ce néon. Au début, je souriais amèrement. Comment une chambre d'enfant vide, avec trois peluches sur une chaise, éclairée par cette phrase, *la vie est belle*, pouvait ne pas sonner comme un terrible sarcasme ? Pourtant, plus les jours passaient, plus les lettres roses se détachaient du mur avec douceur. Ce n'était plus une raillerie que je lisais, mais un murmure, une consolation. La vie est belle, tout de même. Il fallait ajouter ces trois mots derrière. Crois un peu plus fort en la vie, crois en l'avenir, aie confiance, tu verras : *Life is beautiful.* J'entourais ce néon de phrases rassurantes et il prenait sens. Son rose qui me paraissait si cruel devenait finalement tendre. Bientôt, j'acceptai cette épreuve comme une manière de comprendre que la vie n'était ni obligatoire ni habituelle : elle était exceptionnelle et rare. Elle n'était pas donnée, acquise d'avance : elle restait fragile, incertaine, illusoire, biologique. Nous étions tous des miraculés – miraculés de l'échec, miraculés de la mort, miraculés de la matière inerte. C'était précieux.

Un ami a attiré mon attention sur le mot *fausse couche*. Il n'y a là rien de faux : c'était vrai, c'était arrivé. Une couche interrompue, peut-être, mais pas fausse. Je m'interroge d'ailleurs sur cette fameuse « règle des trois mois », selon laquelle il ne faudrait rien dire à personne de sa grossesse avant les trois mois de l'embryon. Cette règle, que se glissent les femmes entre elles, repose sur le fait, précisément, qu'un grand nombre de grossesses échouent avant trois mois. Il faudrait donc taire la grossesse, afin de ne pas annoncer un heureux événement qui a encore beaucoup de chances de devenir malheureux. Mais n'est-ce pas lors de ce début si troublant, si nouveau, si unique que l'on a besoin de parler ? Et si la grossesse échoue, n'est-ce pas à ce moment si déstabilisant, si décevant, que l'on a également besoin de parler ? Pourquoi communiquer seulement la naissance, la croissance, l'heureux événement et passer sous silence l'échec, le vide, la déception ? Cette règle des trois mois a pour effet de taire l'existence de ces couches interrompues. Pourtant, elles ne sont pas fausses, elles existent, et le silence crée la surprise de leur arrivée, accroît la déception et empêche la résilience, après leur survenue.

La lutte

« L'histoire de l'homme, c'est l'histoire de sa lutte pour survivre, lutte contre la nature, contre les cataclysmes naturels, lutte aussi des hommes entre eux et lutte enfin de chacun contre la maladie et la mort. Cette lutte, l'embryon la mène dès la conception, et l'on sait aujourd'hui qu'une sélection naturelle s'opère, qui fait que bien des œufs fécondés n'ont qu'une brève existence. Cette puissance de la vie, je dirais même cette nécessité de survivre et d'assurer sa descendance, c'est celle qui fait que la procréation est au centre des préoccupations sociales sous-jacentes à toute pensée religieuse ou morale[1]. »

Lutte, victoire, échec ou hasards... Je dois mon existence au hasard que ma mère soit née, dans son petit village vietnamien, qu'elle ait échappé aux bombes et aux balles de la guerre du Vietnam, qu'elle soit allée un jour dans ce magasin de photographies à Hanoï... Je dois mon existence au hasard que mon père soit né, qu'il ait lui-même bravé les aléas d'une sélection naturelle, qu'il ait vu le jour en France, à Blois, qu'il ait fait son service militaire au Vietnam, qu'il soit entré un jour dans ce magasin de photographies à Hanoï… Je dois mon existence au hasard de leur rencontre, à celui d'une lutte de l'embryon, menée dès la conception, lutte totalement hasardeuse… Je suis, comme chacun d'entre nous, le fruit du hasard le plus complet. Nous l'oublions trop souvent, et finissons par croire à notre toute-puissance et à l'infaillibilité de notre existence. C'est faux. Nous ne sommes que des chaînons miraculés dans la grande chaîne de l'existence humaine. À nous de tirer notre épingle du jeu…

Ma première grossesse m'a fait découvrir un nouveau territoire, aussi bien intime qu'universel. C'est une nouvelle langue à apprendre, un nouveau vocabulaire. C'est un territoire neuf qui s'étend, territoire intérieur, territoire du corps, des organes mêmes, territoire on ne peut plus charnel, plus réel, plus intrinsèque à notre chair, mais territoire spirituel aussi, territoire de l'imagination, territoire on ne peut plus lié à nos aspirations et à nos craintes… Un double espace s'est ouvert en moi : dans mon corps et dans ma tête. L'espace tendu d'un double azur, dirait Chateaubriand, s'étale devant mes yeux : c'est l'azur d'une transformation totale du corps, d'un côté, et celui d'une révélation inédite de l'esprit, de l'autre. C'est l'horizon de la grossesse, de la procréation, de la naissance... Cet horizon est infini. Il soulève un monde personnel, mais il soulève aussi le monde politique, religieux, moral, social... Ce n'était pas une petite question que je découvrais là.

Les religions, les jurisprudences humaines, les lois actent et se prononcent sur la procréation. Cette chose si intime influe et intervient dans l'espace public. Elle est mise sur la place, ses conditions sont débattues, autorisées ou non, comme si la maternité déterminait l'identité, le rôle social des femmes, comme si elle était un lieu de débat religieux, moral, social... Il semblerait que la grossesse et la naissance n'appartiennent pas seulement à nos vies privées, à nos désirs intimes, mais concernent aussi l'institution étatique et religieuse. Comment cela se fait-il ?

Au Salvador, aujourd'hui, des femmes sont condamnées pour avoir fait une fausse couche. La législation anti-avortement de ce pays pousse l'absurdité jusqu'à emprisonner des femmes qui ont souffert de perdre leur enfant par le triste hasard biologique. Celles qui accouchent d'un bébé mort-né ou qui perdent leur bébé sont tenues responsables et encourent jusqu'à quarante ans de prison. Manuela, une Salvadorienne de trente-trois ans, a ainsi été emprisonnée suite à une fausse couche. N'ayant pu rencontrer ses avocats avant le jour du procès, elle n'a pas été en mesure de se défendre ni de faire appel. Séparée de ses deux plus grands enfants, elle est morte seule en prison, en 2010. L'avortement étant prohibé au Salvador, impossible de savoir si les femmes n'ont pas provoqué leurs fausses couches exprès, disent les législateurs. Dans le doute, la prison est un lieu sûr. Au Texas, les femmes craignent une même tournure des choses. Certaines commencent à se faire ligaturer les trompes afin de ne jamais tomber enceintes.

Comment peut-on légiférer derrière un bureau, en cravate et en costume, stylo à la main, avec une assurance et une froideur peu commune, sur un sujet aussi organique, aussi humain que la procréation ? C'est après l'avoir vécu, seulement, que ce mystère me frappe : la traversée de cet événement était si intime, si bouleversante, que je m'étonne qu'une institution puisse parler de cela comme on parle d'aménagement urbain.

En France, les progrès d'émancipation de la femme sont passés par le droit à la contraception, avec la loi Neuwirth, et le droit à l'avortement, avec la loi Veil... C'est à partir de son ventre que la femme a gagné en liberté. Je n'avais pas pris la mesure de l'importance de cet endroit du corps, ni de son impact politique. Ce ventre féminin, il y a eu à légiférer, à débattre dessus. Chaque camp se le dispute comme un lieu géographique, une enclave stratégique. C'est l'Israël du corps humain.

Je découvrais, après ma première grossesse, la portée du mot *féminisme*. Ce que je venais de vivre était un sujet de débats et un sujet de combats. Je découvrais combien ceci était étonnant mais vrai : l'intime est politique.

À Paris, place de la République, Marianne lève fièrement la tête. Je la contourne, sur l'esplanade. À ses pieds, trois femmes sont assises, qui représentent la Liberté, l'Égalité et la Fraternité. À partir de la Révolution française, l'effigie du roi fut remplacée par des figures féminines : la Nation, la République, la Liberté. Delacroix représenta cette dernière guidant le peuple sous une apparence plantureuse, seins nourriciers offerts. L'État intervint dans la vie des citoyens, légiférant jusque sous les draps, et la maternité devint un symbole politique. Si la mère est glorifiée, ses fonctions sont toutefois jugées incompatibles avec la vraie vie politique. Encensée, oui, mais à la maison : le domaine de la femme est le foyer, ses vertus sont toutes civiques, elle-même est allégorique. Les décisions et responsabilités politiques restent le fait des hommes. Ainsi, les femmes furent longtemps dépourvues du droit de vote. En revanche, leur ventre, lui, était déjà un sujet politique. Jusqu'à ce qu'elles accèdent au droit de vote, cette dichotomie faisait d'elles des créatures hybrides : tête apolitique, elles avaient le corps à la maison, mais ventre politique, leurs ovaires étaient aux bureaux de l'État.

« Tu es une femme, tu es un sujet politique », s'exclama une amie, lors d'un déjeuner. Je souris, songeant à la phrase d'une écrivaine, Françoise Parturier : « Même le sexe de la femme est politique : son vagin est conservateur et son clitoris révolutionnaire[2]. » Créatures hybrides, menaçantes, dont chaque partie du corps est sujette à une législation, notre anatomie est une affaire d'État, étudiée scrupuleusement. Attention ! une omission pourrait conduire à l'explosion sociale, il faut tout contrôler. Observez la manière dont les lois contraignent ou non les femmes dans l'Histoire, vous aurez une idée du régime politique qui sévissait alors. Thermomètre politique, anatomie à la température de la société...

Les dictatures fascistes, telles celles de Mussolini, Hitler et Franco, frappaient de sanctions sévères l'avortement, au point de l'appeler un crime d'État, non plus un simple meurtre. En France, entre 1919 et 1923, la Chambre

« bleu horizon » interdisait la diffusion de toute information relative à la contraception. Le gouvernement de Vichy guillotina une avorteuse en 1943. C'était il y a seulement quatre-vingts ans. Les enfants à naître sont des citoyens à naître. Dès lors, la question de la maternité – ou de la non-maternité – est une question politique. Des politiques natalistes (lorsque l'État a besoin de fabriquer des soldats, des travailleurs, des contribuables, des consommateurs, et n'hésite donc pas à sanctionner la diffusion d'informations sur la contraception) aux politiques anti-natalistes (comme en Chine, où l'État impose la règle de l'enfant unique), la liberté des femmes et des hommes à disposer de leur corps est limitée. Étrangement, c'est après cette première fausse couche que cette réalité m'a frappée. Tout cela était des chiffres abstraits, des lois et des périodes dans des livres d'histoire, tout cela ne m'avait pas traversé le corps auparavant. Désormais, j'en vois l'absurdité.

Avec le retour actuel de quelques lois interdisant l'avortement dans des pays voisins du nôtre, je tique sur cette réalité : notre liberté est provisoire, notre corps est un pays, soumis aux lois, aux autorités, aux politiques de paix ou de guerre… Dans ce pays, il y a un lieu stratégique à défendre : le ventre.

Féminisme

Avant ma grossesse, ce mot ne me disait rien de précis : *féminisme*. Depuis, j'en ai une vague idée. J'ai la vague idée que seule une femme peut écrire sur la fragilité, la force, l'émotion de ce corps de femme, capable de se dédoubler et qui saigne chaque mois, corps de cristal aux multiples tiroirs, corps étrangement extraordinaire.

J'entends : ce n'est rien, tu n'as rien vécu, dans deux semaines tu auras oublié, tu n'as rien ressenti, tu n'as pas été vraiment enceinte. Mais qui peut parler de mon corps, sinon moi ? Qui peut dire ce que j'ai vécu, sinon moi ? Les discours des autres n'ont aucune réalité. Mon corps seul sait sa réalité.

Pour ma part, avant d'être enceinte, je ne m'étais jamais sentie essentiellement femme. Cela m'a rattrapée, d'un coup. Je n'y avais pas pensé et puis, soudain, cette première grossesse, cette première transformation du corps m'a rappelé que j'étais, tout de même, une femme. Je me suis mise à songer à cette question des deux sexes.

À vrai dire, la différence des genres, l'écart entre les deux sexes, me paraissait une notion biologique, théorisée, mais n'avait pas tant d'importance à mes yeux. Je n'avais jamais été révoltée par cet écart. D'ailleurs, je ne l'avais jamais vraiment noté. J'étais aussi bien masculine que féminine. Née en 1995, j'avais bénéficié des progrès et des combats féministes menés par mes aînées, sans m'en apercevoir. J'étais allée dans des écoles mixtes, j'avais eu la même éducation que mon frère, j'incarnais des hommes dans mes romans sans avoir besoin d'un pseudonyme masculin pour publier mes livres... Mon père m'avait toujours poussée à étudier, à être la meilleure de la classe, filles et garçons compris, et non la meilleure des filles. Il me répétait que je ne devais pas me regarder dans la glace. Je ne sais pas pourquoi, mais cette phrase me marqua. Je me souviens d'avoir onze ans, de me regarder dans le reflet d'une vitre, et de lui qui m'admoneste : « Arrête de te regarder ! » Il avait la vanité et le narcissisme en horreur. Il voulait nous éduquer dans la connaissance, le savoir, la profondeur des choses, et non dans l'apparence.

Il me faisait réciter des poésies, apprendre les capitales et les pays du monde, tout comme il le faisait pour mon frère. Nous étions sujets aux mêmes exercices. Il nous donnait des livres, nous enseignait des choses, nous élevait en intellectuels. Ma mère nous inscrivait tous les deux aux leçons de tennis et de piano. Il n'y avait pas de distinction entre nous. Mon frère avait un an de plus que moi et je récupérais parfois ses vêtements. Nous partagions les mêmes camarades de classe. Mes coquetteries de petite fille étaient réduites aux dentelles, aux jupes et aux paillettes, que j'aimais, sans que je ne voie là aucune discrimination. En grandissant, nous étions toutes en jean, en pantalon, en baskets. Je n'étais pas la plus féminine, je ne me maquillais pas, je n'avais pas de complexe particulier et ne me sentais nullement gênée par les regards masculins. Ils ne m'oppressaient pas.

Aucune de mes relations amoureuses ne m'avait plongée dans un déséquilibre. J'avais fait de longues études, mon père me poussait à passer le concours de l'École normale supérieure, qu'il avait lui-même réussi. Ainsi, j'envisageais un avenir plutôt similaire à celui de mon père, donc d'une figure masculine. Il n'y avait pas de décalage. Je me sentais plus proche des hommes de ma famille que des femmes. J'étais pourtant entourée de ma nourrice, ma grand-mère, mes tantes et ma mère, au Vietnam. Là, c'était une sorte de gynécée. Les femmes cuisinaient, elles s'occupaient des enfants, sans être écrasées non plus : elles étudiaient, travaillaient, conduisaient leur propre mobylette et savaient gueuler, rouspéter, se faire entendre. Cependant, il est vrai qu'autour des enfants et en cuisine, il n'y avait que des femmes. Je ne m'étais jamais identifiée à elles. Sans doute parce que mon père était français, que j'allais à l'école française et que j'aspirais davantage à faire des études que des enfants. D'ailleurs, nous avons vite quitté le Vietnam, à mes dix ans, afin que mon frère et moi puissions poursuivre des études secondaires plus poussées.

Ce départ était aussi un arrachement à l'univers féminin. Dès lors, je rejoignais le pays de mon père, la France, pays de la littérature, des études, de la liberté, de la culture... En cela, je notais que j'avais eu de la chance : je bénéficiais d'une éducation et d'un confort de vie auxquels ma mère n'avait pas eu droit dans son enfance. J'attribuais cela au fait d'être née française et non vietnamienne. Cela signifiait avoir accès à l'école gratuite, laïque et obligatoire. Au Vietnam, l'enseignement était payant à partir du collège. La plupart des enfants ne pouvaient pas se le permettre. Ils aidaient les parents dans les rizières ou au marché. Je remarquais donc une différence entre les deux pays dont j'étais issue, une différence entre les deux classes sociales, mais non entre les deux sexes, car ici, en France, j'étais élevée d'une manière qui me paraissait si mixte qu'elle n'était ni masculine, ni féminine. Je n'avais jamais fait la cuisine – je ne sais toujours pas la faire, hélas – on ne m'avait pas appris la couture, le tricot, je ne pensais pas à avoir un mari ni des enfants. Je n'ai pas grandi en caressant le rêve d'un mariage heureux. J'ai grandi en visant une compréhension du monde à travers les mots, la culture, l'art. C'est cela qui a composé mon univers mental, et non l'espoir de rencontrer un prince charmant.

Avec mes amies, au collège, au lycée puis en classes préparatoires, nous riions de nos premiers amours, nous partagions nos joies et nos peines, mais nous étions surtout occupées par les études. Nous avions hérité d'un long combat. Nous ne questionnions plus ces choses-là : les pantalons, les cheveux courts, la liberté sexuelle, la pilule, l'avortement, les études, les postes à haute responsabilité. Nous faisions l'amour « comme des hommes », sans penser au mariage, sans craindre de tomber enceinte, sans même nous attacher à l'autre : la collection de conquêtes nous paraissait plus amusante qu'une véritable relation. Du moins, nous le feignions. Le plaisir de se raconter nos rendez-vous passait au-dessus du plaisir de les vivre. Nous étions jeunes, et surtout nous étions libres.

Nous avions la chance de faire des études, et nos professeurs nous laissaient croire qu'un boulevard se dessinait devant nous. Dès nos premières règles, nos médecins nous donnaient la pilule. Ce n'était même pas une interrogation. La maternité ne traversait pas nos esprits. Nous trouvions archaïque le temps où la pilule n'existait pas et où l'avortement était interdit. En réalité, quatre décennies seulement nous séparaient de ce Moyen-Âge-là.

Nous étions donc bien dans ce féminin-masculin et masculin-féminin qu'évoque Virginia Woolf. Il n'était plus question d'une limite distincte entre les deux sexes. Ce que l'on attendait de « la femme » autrefois n'était plus attendu de nous. De la même manière, des hommes déclaraient préférer s'occuper de la maison, de l'intérieur, certains assumaient parfaitement leur féminité, se maquillaient même, et n'avaient aucun mal à être avec une femme plus masculine, ou avec d'autres hommes. Au lycée où j'étais – certes parisien et artistique –, les relations homosexuelles étaient aussi fréquentes que les relations hétérosexuelles. Nous étions loin de la séparation rigide entre les deux genres et nous acceptions volontiers un mélange, une souplesse dans la définition des sexes. Beaucoup de filles déclaraient ouvertement ne pas vouloir d'enfant. Cette fonction immémoriale n'était pas obligatoire. Il était possible d'être une femme sans être mère, car différentes manières de s'épanouir nous étaient proposées. Nous avions le droit au choix : l'identité féminine était déjà séparée dans nos esprits de l'identité maternelle. D'autres vies étaient possibles, hors du destin d'enfanter. Quant aux garçons, si leur père était le socle économique de leur foyer, ils remarquaient qu'ils n'avaient plus le besoin absolu de l'être. En une génération, cette structure familiale s'était déjà modifiée. Les hommes de notre génération n'envisageaient plus d'entretenir leur fiancée. La plupart des femmes travaillaient et tenaient à la répartition des tâches tout autant qu'au juste partage des charges domestiques.

À la maison, il m'est plus facile de monter des étagères que de cuisiner une quiche. Tandis que mon mari fait revenir l'ail, qu'il ajoute de l'huile, une pincée de sel, un peu de poutargue, et prépare une délicieuse recette de pâtes inventée par lui-même, tandis qu'il s'attelle à cette science du goût, de l'équilibre mouvant et en mouvement, je monte des meubles. Sur les aires d'autoroutes, c'est moi qui gonfle les pneus de la voiture, lui qui fait des courses. Je m'occupe du bricolage, il s'occupe de la cuisine. L'un est matière solide, l'autre est matière liquide. L'un est assemblage, l'autre est transformation. Nous sommes loin des clichés de la femme aux fourneaux et de l'homme au garage !

Aussi, il y a peu de temps, une lectrice est-elle venue me voir dans une librairie où j'étais en dédicace. Elle s'est penchée sur mon dernier livre, l'a brandi vers moi et s'est exclamée : « J'ai adoré votre livre. Et pourtant, je lis rarement des livres d'homme. Ce livre-là, c'est un vrai livre de mec ! » L'auteur assis à ma gauche avait ri : étais-je donc un homme, avais-je quelque chose à dévoiler ?

En réalité, le féminin et le masculin sont en train d'être redéfinis. Il n'est plus masculin de se lancer dans une grande carrière, de réparer sa voiture ou d'écrire des romans. Il n'est plus féminin de faire la cuisine, de s'occuper des enfants ou d'un intérieur. Cependant, si cela commence seulement à être vrai dans certains milieux, ce n'est pas vrai partout. Alors que je croyais la cause des femmes acquise, ma première grossesse m'a rappelé que c'était loin d'être le cas.

Si être une femme ne signifie pas être enceinte, être enceinte m'a rappelé que j'étais une femme. Cette grossesse gémellaire a échoué, mais elle a ouvert un champ de possibilités que je n'avais jamais entrevu ni exploré. J'ai compris que j'étais une femme, quoi qu'il en soit. J'entends par là que cette féminité me rattrapait, que je le veuille ou non. J'avais beau vivre aussi libre qu'un homme, écrire des livres et faire des études, porter des pantalons et des vestes en cuir... j'étais tombée enceinte. Il y avait une chose que je n'aurais pas pu vivre si j'étais un homme : la maternité (jusqu'à nouvel ordre, en tout cas). C'est étrange, mais c'est ainsi : je me suis sentie rattrapée par quelque chose de plus grand que moi, inconnu de moi jusqu'alors mais ayant toujours dormi là. Et j'ai aimé cette sensation : soudain, j'embrassais une nouvelle part de ma personnalité. Je m'inscrivais dans une lignée de femmes, dans un monde que j'avais ignoré. Cela m'a étonnée. Rapidement, j'ai eu le désir de ce chemin si incroyable qu'est celui de la maternité et, avec lui, j'ai eu le désir de découvrir ce qu'était une femme, ce qu'était l'histoire des femmes, leur place dans le monde, les mythes, les événements et les lois qui les avaient façonnées. Je me découvrais sujet de leur histoire. Je comprenais aussitôt beaucoup de choses.

Je comprenais que ma personne n'était pas étrangère à ce mouvement, appelé féminisme, qui commença dès le XVe siècle et traversa les époques pour rester, jusqu'à aujourd'hui, un combat qui n'est pas gagné. En 1497, Christine de Pisan publiait *Trésor de la Cité des Dames*. En 1622, Marie de Gournay, fille adoptive de Montaigne, publiait *Égalité des hommes et des femmes*. Montaigne lui-même écrivait : « Je dis que mâles et femelles sont jetés dans le même moule. Sauf l'institution et l'usage, la différence n'y est pas grande [1]. » En 1676, Poullain de la Barre notait, dans *De l'égalité des deux sexes, discours physique et moral où l'on voit l'importance de se défaire des préjugés* : « On rapporte souvent à la Nature ce qui n'est dû qu'à l'usage... Quelque tempérament qu'aient les femmes, elles ne sont pas moins capables que nous de la vérité et de l'étude [2]. » Avant d'ajouter : « Tout ce qui a été écrit par les hommes doit être suspect car ils sont à la fois juges et parties [3]. » Un siècle plus tard, Condorcet s'interrogeait encore : « Pourquoi des êtres exposés à des grossesses, et à des indispositions passagères, ne pourraient-ils exercer des droits dont on n'a jamais imaginé de priver les gens qui ont la goutte tous les hivers, ou qui s'enrhument aisément [4] ? » Il finit par se suicider en prison. Sa contemporaine féministe, Olympe de Gouges, qui publia la *Déclaration des droits de la femme et de la citoyenne*, n'eut pas une mort plus joyeuse : elle mourut décapitée. Au début du XIXe siècle, John Stuart Mill, qui avait publié *L'Asservissement des femmes*, écrivit une lettre officielle dans laquelle il clamait renoncer à tous les droits qu'il avait sur sa femme afin qu'elle soit libre de ses gestes au même titre qu'un homme. Les saint-simoniens et les fouriéristes défendirent également les droits des femmes et les mirent à l'honneur. Il est presque ironique de savoir qu'ils sont surnommés « les utopistes[5] ». En 1914, Ernest Gaubert s'étonna, dans *Ce qui a été dit sur la Femme depuis trente siècles* : « J'avoue que je n'ai jamais compris les railleries adressées au féminisme. (...) Les femmes n'ont rien demandé qui ne fût à l'avantage d'une société plus heureuse, elles ont réclamé en faveur de la faiblesse, pour l'enfant, pour celles qui travaillent, pour celles qui sont vieilles, isolées ou souffrantes. Elles ont réclamé que la mère de famille pût avoir la libre disposition de son salaire que touchait et dilapidait souvent un mari, plus ami du marchand de vin que de son foyer. Elles ont réclamé contre la tyrannie des lois qui les traitent en étrangères et leur imposent à la fois les chaînes de la tutelle et le fardeau des responsabilités. (...) D'ailleurs, qu'on le veuille ou non, les faits sont là, les clubs, les associations féministes, les universités féminines qui n'existaient pas il y a un siècle, se sont développées de façon prodigieuse[6]. »

Quelques grands progrès plus tard, nous voilà, en notre nouveau XXIe siècle. Sept siècles de livres, de revendications, de paroles pour obtenir un semblant d'égalité entre les sexes et quelques maigres victoires : le droit de vote, le droit d'avoir un chéquier, le droit à la contraception, le droit à l'avortement... Sept siècles ! Comme dirait Virginia Woolf, « l'histoire de l'opposition des hommes à l'émancipation des femmes est peut-être plus intéressante que l'histoire de cette émancipation elle-même[7]. » Pourquoi a-t-il fallu sept siècles pour arriver à cette émancipation, laquelle est encore loin d'être gagnée dans la plupart des pays du monde ?

Sommes-nous si bêtes, nous les femmes, au point de mettre sept cents ans à sortir la tête de l'eau ? Aimons-nous notre servitude ? Et tous ces hommes qui ont écrit en faveur du féminisme, leurs textes n'ont-ils eu aucun écho ? Il faut croire que ce système d'oppression est bien ancré, au point que rien ne l'a ébranlé pendant tant d'années. D'Ève, née de la côte d'Adam qui avait besoin « d'une aide », à Pénélope, tissant à la maison tandis qu'Ulysse voyage, le cliché de la femme dévouée à son mari et percluse dans son foyer a peu évolué.

Je comprenais soudain pourquoi Beauvoir avait écrit « on ne naît pas femme, on le devient[8] », et pourquoi Halimi avait ajouté « on ne naît pas féministe, on le devient[9] ». Une prise de conscience sur la nature même de mon être avait lieu, et de là, sur l'histoire de cet être dans l'Histoire.

Des crevettes

Le mois de juillet prenait fin. Les rues de Paris étaient vides en cette saison, d'autant plus que la pandémie retenait les touristes hors du pays cet été-là. Nous décidâmes, avec une amie dessinatrice, d'aller voir une exposition à la Maison européenne de la photographie. La vie culturelle ressuscitait de manière temporaire. Nous nous jetions sur les musées et les galeries, faisions le plein d'œuvres d'art, avant d'être de nouveau confinées entre quatre murs.

Les œuvres de Shomei Tomatsu étaient exposées sur un mur bleu layette. « C'est original », grommelait un dénommé Patrick, devant nous. « Ils sont originaux, ces Japonais... » Sa femme lui tirait la manche : « Regarde ça, Patrick ! » Ils avançaient l'un contre l'autre, commentant chaque photographie d'un « c'est original ». La suite de l'exposition était à l'étage : elle se poursuivait avec des œuvres de Daido Moriyama, sur un mur bleu roi. J'observais l'argenté de Moriyama : ces photographies en noir et blanc, très contrastées, avaient cette particularité d'être si travaillées, si saturées, que les gros grains blancs devenaient argentés. Chacune des photographies avait cet aspect métallique. Je trouvais cela puissant. Patrick continuait de juger cela « original ».

Selon les flèches au sol, qui indiquaient la direction à prendre, il fallait tourner dans une dernière salle. « Tu te trompes de sens, Patrick ! », cria sa femme d'une voix stridente. Je tournai avant lui : c'était l'occasion de le doubler. Ainsi, je découvrirai la prochaine œuvre en me faisant moi-même une idée de son originalité ou non. Je ne croyais pas si bien dire : face aux photographies tirées de la série « Pantomime », je restai bouche bée. Il fallait admettre que, pour une fois, c'était original. Je ne m'attendais pas à les voir là, dénudés, flottants, face à moi. Je ne dis rien et restai les bras ballants. Mon amie avançait. J'étais incapable de bouger tant ma surprise était grande. Pourtant, il me parut impudique de stationner là trop longtemps – impudique à cause du sujet des photographies, impudique d'observer cela. Qu'allaient penser les autres visiteurs ? Ce n'était pas normal de fixer ces œuvres-là. J'allais passer pour une amatrice de choses morbides, une fille aux goûts douteux… Je me sentis gênée, mais mon regard était rivé dessus, impossible de le détourner vers autre chose. Sans doute était-ce là le but recherché par l'artiste : déstabiliser.

Les multiples fœtus flottaient dans leurs bocaux. Mon attention se fixa sur une photographie particulière : deux fœtus accrochés l'un à l'autre, des jumeaux, flottant dans le vide argenté. Ils étaient là, simplement, comme deux pétales, accrochés l'un à l'autre, comme deux fèves.

« Pantomime » est la première série réalisée par Moriyama. À vingt ans, il a découvert, dans une vitrine en verre, au bout d'une étagère, au fond du couloir d'un hôpital d'obstétrique et de gynécologie, près des montagnes de Tanzawa à Kanagawa, des fœtus figés dans du formaldéhyde. Il les a observés, il a imaginé les voir dormir et, appuyés l'un contre l'autre, regarder la cour baignée de soleil. Il s'est sans doute demandé pourquoi on les avait oubliés là, au fond de l'étagère, du couloir, de l'hôpital, pourquoi tout le monde tournait le dos à ces créatures qui avaient une peau couleur huître et la forme de crevettes. Moi aussi, je me demande pourquoi on les oublie là, au fond de l'étagère, du couloir de la mémoire, pourquoi tout le monde leur tourne le dos.

Je les examine : ces silhouettes flottantes sont argentées, faites d'ombre et de lumière, de matière solide et liquide, à la fois formes et informes. Elles sont à la fois vivantes et mortes. Étranges créatures... Pourquoi est-ce si difficile de les regarder ? Est-ce qu'elles nous dérangent parce que nous refusons de reconnaître qu'elles sont précisément nous, que nous avons été ainsi, exactement ainsi, crevettes couleur huître ? Ou bien est-ce difficile de les regarder parce qu'elles sont mortes ? Est-ce cette création interrompue, cet instant précis de la naissance morte, cristallisée dans ce liquide qui n'est pas amniotique mais formaldéhyde, qui est si difficile à regarder en face ? Oui, je crois bien que c'est cela. Impossible de les observer malgré la beauté de ces photographies.

Je baissai les yeux et fis trois pas, chancelante. Je me cognai contre Patrick. Pour le coup, je n'eus pas les mots et j'eus envie de balbutier, comme lui : « c'est original » ou plutôt, originel. Naître et mourir, voilà qui est original... Je ne songe plus à l'acception du terme *original* tel que Patrick l'entendait, à savoir bizarre, hors du commun – auquel cas naître et mourir serait tout à fait banal – je songe à celle qui vient du latin *origo,* laquelle désigne ce qui existe dès l'origine, ce qui est primitif, authentique, ce qui émane de la source. Je distingue la copie de l'original. Je pense aux mots *originel* et *originaire*. Pourquoi l'artiste a-t-il appelé cette série « Pantomime » ? Il aurait pu l'appeler « Création », « Vie », « Mort »... Est-ce donc si vrai que tout cela n'est qu'un grand théâtre ? Je ne sais pas.

Quand nous ressortîmes dans la rue, j'étais un peu étourdie. La foule autour de moi m'oppressait. Tous ces gens en bras, en jambes, en vêtements, en têtes et en pieds... Je préférais imaginer que chaque passant était une crevette argentée. Soudain, ils paraissaient beaucoup moins imposants. Il était plus facile de les aimer, plus difficile de les craindre. Ce bébé qui pleurait, cet enfant qui chantait, cet adolescent troublé, cette femme bien apprêtée, ce monsieur si sérieux, ce vieil homme bossu, cette dame qui buvait son thé... Tous étaient transformés dans mon esprit en une seule et même apparence, translucide. Nous ne sommes rien d'autre que des crevettes sorties du bocal, me dis-je, et, sans tourner le dos à la mémoire, je traversai la ville comme on traverse un océan.

Les joies de la maternité

Pendant ma grossesse, on me disait bravo, on me congratulait, on s'exclamait : « Tu vas découvrir les joies de la maternité. » Je me souviens qu'une jeune femme m'avait sorti cette phrase. Je m'étonne, maintenant, de la facilité avec laquelle des inconnus vous assaillent de : « Et tu n'as pas d'enfant, toi ? Tu n'en veux pas ? »

Deux amies proches qui ne veulent pas d'enfants se sont souvent vues gênées par ce genre de question. Et à leur réponse : « Non », l'interlocuteur rétorquait : « Tu verras, tu changeras d'avis », ne laissant aucune autre possibilité à la femme que d'être mère, d'être procréatrice. Et si elle avait envie d'être autre chose, et si elle n'avait pas le désir de la maternité, cela ferait-il d'elle un monstre, une personne que l'on montre du doigt ?

Depuis, je n'accueille plus la question de la même manière. Elle se heurte à mes souvenirs, à chaque fois. Elle déroule la pellicule d'un film intime. J'ai toujours du mal à répondre à cette question. Elle me paraît bien légère, comme si le parcours difficile de la maternité n'existait pas, comme si l'on en ignorait tout. Et d'ailleurs, j'en ignorais tout moi aussi, avant d'en commencer le chemin que je n'ai pas fini de raconter. Je pensais que l'on faisait des enfants comme ça, sans problème, sans stérilité, sans fausse couche, ou alors si peu que cela n'arrivait qu'aux autres. Je pensais que l'on avortait quand on tombait enceinte trop jeune, ou bien quand on n'aimait pas le père, que l'on ne le connaissait pas. Je ne pensais pas que cela pouvait être plus complexe, qu'en réalité accueillir un être au monde est une chose infiniment personnelle, nuancée.

J'allais le découvrir encore, je n'étais pas au bout de mes peines. Mais dois-je le raconter ? N'est-ce pas impudique ?

Du danger que représente l'écrivain

Les proches ont toujours peur de ce que l'on va écrire. Ils ont peur d'ouvrir le livre, de tomber sur une phrase inappropriée, un mot de travers, un chapitre évocateur...

« J'espère que ce n'est pas le début de ton livre... »

« Tu ne vas pas écrire ça, hein ? »

« Je te déconseille d'écrire sur ce sujet. »

Vivez aux côtés d'un écrivain, et tout ce que vous direz pourra être retenu contre vous. Vivre avec un écrivain, c'est être constamment en état d'arrestation.

Pourtant, ce n'est pas l'écriture même qui devrait inquiéter. L'écriture ne pourra jamais s'empêcher de dire la vérité, ou en tout cas, la subjectivité de celui qui écrit. L'écriture, c'est l'espace de la liberté absolue. Chacun peut écrire dans un carnet, dans sa chambre.

Non, ce qui inquiète, c'est la publication. Le fait de rendre public. Ça oui, ça inquiète. C'est tout à fait normal, moi-même, en tant que personne qui écrit, moi-même ça m'inquiète. La publication inquiète tout le monde, même les écrivains.

Ce n'est donc pas de l'écrivain qu'il faut avoir peur, c'est de l'éditeur. Il faut arrêter de trembler et de dire : ne sortez jamais avec un écrivain, ne fréquentez jamais un écrivain, méfiez-vous des écrivains... Les écrivains ne font qu'écrire. En réalité, méfiez-vous des éditeurs. Ce sont eux qui rendent les choses publiques, c'est d'eux que vous avez peur.

Mon éditeur a aimé et approuvé mon idée d'écrire ce texte très intime et universel sur la maternité, le fait de créer ou d'annuler la vie. À partir de là, j'aurais dû me méfier. C'est au moment où j'entre dans son bureau que les choses se corsent ; c'est au moment où j'en sors que le mal est fait. Voilà de quoi me dédouaner. Toutes les remontrances, les reproches d'impudeur, d'audace, de choix du sujet : tout cela, faites-le suivre à mon éditeur. Moi, je n'ai fait qu'écrire. C'est lui qui a rendu mon texte public. Voyez avec lui.

Je plaisante, mais ce n'est pas une petite question : éditer ou ne pas éditer ? Faire émerger cette possibilité ou l'annuler ? Faire exister ou faire taire ? Il m'a dit : « Le texte que vous réussirez sera celui dont vous aurez le plus de mal à accoucher. » Je me demande s'il aurait pu utiliser un autre terme. Un texte avorté, un projet avorté, accoucher d'un livre, pondre un roman...

Faire un enfant, écrire un texte, publier un livre, faire quelque chose, faire émerger la vie, ou non, créer une possibilité dans la vie, ou non... Créer sa vie. Et celle des autres ? Quelles conséquences ?

J'avais noté quelques phrases dans mon carnet, avant de me rendre à la maison d'édition :

Le choix de vivre.

Être une femme.

Refuser une vie au monde.

Mettre au monde.

Être au monde.

C'étaient les thèmes que je voulais aborder. Cela me trottait dans la tête. Je m'interrogeais : de quelle manière peut-on être le mieux au monde ? Être au monde le mieux possible ? Se mettre soi-même au monde de la meilleure manière ? Je ne savais pas comment écrire, mais j'étais sûre d'une chose, c'était à moi de m'approprier mon histoire, et à personne d'autre. J'avais vécu quelque chose, et je voulais le comprendre, par l'écrit. Je ne voulais pas me censurer, je ne pouvais pas me taire, car ce que j'avais vécu, des milliers de femmes le vivent aussi. Et le silence, voire l'opposition, que j'avais rencontré m'avait laissée à terre. J'avais besoin d'entendre, de lire, d'écrire… Car qui peut savoir, qui peut dire, qui peut parler de mon corps, sinon moi ? Sinon l'esprit qui y est enfermé et subit les affres de ce corps ou bien participe à ses espoirs et à ses joies ?

Le silence m'était insupportable. Le tabou, le non-dit, la honte, le secret sont des choses que j'aime interroger. Je prends plaisir à les mettre en lumière car s'il y a un secret, il y a une vérité. Et plus le secret est gros, plus la vérité est intéressante. J'allais comprendre, par la suite, qu'une mine d'or historique, philosophique et intime, reposait sous ce silence. Pour cela, il m'a fallu vivre un second événement. Ensuite, seulement, l'écriture est devenue possible.

Camus dit, dans son discours de réception du prix Nobel : « La noblesse de notre métier s'enracinera toujours dans deux engagements difficiles à maintenir : le refus de mentir sur ce que l'on sait et la résistance à l'oppression[1]. » Il ajoute : « Les deux charges qui font la grandeur de ce métier : le service de la vérité et celui de la liberté[2]. »

À l'heure où l'avortement est encore interdit dans un grand nombre de pays, j'écris. Comment mentir sur ce que je sais ? Comment ne pas servir la vérité et la liberté ? C'est ambitieux, sans doute, mais c'est par un récit que la parole se libère, c'est par le refus de maintenir le silence, c'est par un mot sur une page blanche que les grands combats commencent. Quand on est une femme et que l'on écrit, quand on découvre la vérité d'un corps de femme et, simultanément, le silence qui l'enveloppe, comment ne pas écrire ? On m'a dit de me taire, à plusieurs reprises. Mais comment se résoudre au silence quand une parole entendue a éclairé toute la zone d'ombre dans laquelle ce silence général nous plongeait ? Quand un livre, une phrase nous a soulagés, nous a éclairés dans la solitude d'une expérience que nous vivions et que l'on sait maintenant vécue par un très grand nombre d'entre nous ?

La seconde fois

Un an plus tard, j'étais de nouveau enceinte.

Je faisais régulièrement des tests de grossesse, depuis que mon corps avait vécu ce premier changement, cette première impression d'être deux, et même trois, dans le même corps. J'avais envie de le revivre, de le vivre jusqu'au bout cette fois. J'avais envie d'un enfant. Mais j'en oubliais le reste : j'en oubliais que je n'étais plus prête car, entre-temps, je m'étais éloignée de la stabilité et de la joie. J'en oubliais que cette première fausse couche et le contexte de la pandémie mondiale avaient ébranlé les fondations d'un quotidien serein et même d'une identité cohérente. Nous étions confinés depuis plus d'un an, sans possibilité de faire du sport, d'aller boire un café, de partager un moment convivial, une fête... La ville entière était déserte, les boutiques fermées, les passants masqués. Les journées étaient écourtées par un couvre-feu, les sorties soumises à des justificatifs et des contrôles... La légèreté s'en était allée, et cette répression avait des répercussions intimes. J'en oubliais que j'avais vingt-cinq ans et que je me posais beaucoup de questions sur l'avenir. Ce que je pensais ne correspondait plus à ce que je disais, et ce que je disais ne correspondait plus à ce que je faisais. Un vieux rêve, une ancienne envie m'habitaient, je continuais de croire qu'ils étaient actuels. En réalité, ils ne l'étaient plus.

Au début, cependant, j'étais heureuse : le test de grossesse affichait positif, je trouvais donc que c'était positif. Nous étions en février, des flocons de neige tombaient dehors. J'ai mis un bonnet, j'ai rempli une attestation de sortie et je suis allée me balader pour fêter la nouvelle. Sur le trottoir, par terre, j'ai trouvé une petite moufle blanche de bébé avec un ourson dessus, qui s'y accrochait comme un pétale sur la glace. C'est un signe, me suis-je dit, et j'ai serré au creux de ma main cette moufle minuscule. Le 10 février, jour où j'ai appris que j'étais enceinte, où le test a été positif, j'étais heureuse, oui. Mon corps attendait de revivre ce changement, il en avait envie, comme si la première grossesse avait éveillé au sein de mon être une possibilité qu'il cherchait désormais à réaliser jusqu'au bout. Mais cette envie intérieure n'était reliée à aucune réalité extérieure : dehors, ça n'allait pas. J'avais besoin de temps, j'avais besoin de voir plus clair à l'horizon. Ce n'était pas le moment. Seul mon corps était enjoué.

C'est lui qui est entré dans le jardin public, joyeux. Une grande couche de blanc couvrait l'herbe, des stalactites pendaient aux branches, les buissons se cachaient sous une brume de givre. Je marchais dans la neige, mes pas la faisaient craquer, et je rêvais d'une petite fille, la moufle au creux de ma poche. Je souriais intérieurement, me disant que j'appellerais peut-être ma fille Neva, comme la neige du jour où j'ai appris son arrivée en moi. J'imaginais la main potelée de l'enfant à l'intérieur de la moufle. Je l'aimais déjà. J'observais la blancheur étincelante du paysage. L'arrivée de la neige est, chaque année, un petit miracle. Cette année, l'arrivée était double, et le miracle aussi.

J'envisageais la dualité de mon corps, la présence d'un autre dans mon corps. Je l'envisageais tant que je le sentais. Et pourtant, j'étais malheureuse. Au fond, je crois que je m'accrochais à la promesse d'un enfant comme à la promesse d'un bonheur. Puis, j'allais comprendre qu'il fallait aussi promettre le bonheur à l'enfant. Et de ça, j'en étais incapable. La Terre sombrait sous le poids du virus, du réchauffement climatique, du terrorisme, du mécontentement et de la détresse générale. Ou était-ce un mécontentement et une détresse particulière ? Notre couple se fissurait car je n'y trouvais pas ma place. Je me répétais : avec l'arrivée de mon enfant, tout changera, je prendrai ma place. J'aurai ma place. Il me donnera ma place. Je deviendrai mère donc épouse donc belle-mère donc femme donc adulte donc sûre de moi donc capable de ne plus me faire marcher sur les pieds, capable de tout. Pas une minute j'avais pensé que sans avoir trouvé ma place, il m'était impossible d'en offrir une à l'enfant. Ce n'était plus la joie de transmettre qui commandait à ce bébé son arrivée, mais une envie de devenir moi-même autre chose. Sans l'être devenue tout d'abord, je me trouvais coincée : je n'avais aucune sérénité ni aucune joie à offrir.

Journal

12 février

Je viens d'apprendre ton existence il y a deux jours. Hier, je suis allée marcher dans la neige. Il y en avait beaucoup au Luxembourg et j'ai mis les premiers pas dedans. J'y suis allée seule. Tu sais, je suis bien seule et bien triste en ce moment. Pourquoi es-tu venu maintenant ? Parfois, je ne sais pas si j'aurai assez de joie pour toi. Je sais que j'aurai de l'amour, ça oui, mais je suis si triste. Je n'ai personne à qui parler, c'est pourquoi j'ai décidé de t'écrire, puisque tu es là. C'est idiot peut-être.

Je fais ce que je peux mais je souffre beaucoup. N'est-ce pas terrible pour toi ? J'aimerais pouvoir t'offrir autre chose.

Mon quatrième roman paraît le mois prochain. Je devrais être heureuse et fière, mais trop de choses me tracassent. J'ai visité un tout petit studio (il n'y aura pas assez de place pour toi, moi et nos deux chats...) J'aimerais le prendre pour avoir un peu de recul. Je ne suis pas sûre de ce que je dois faire. Je devrais trouver le courage de m'en sortir mais le courage me manque. Surtout, je ne sais pas comment m'en sortir.

La mue

En équitation, l'une des choses les plus importantes est le regard. On pourrait croire que c'est l'assise, la flexion des genoux, la cambrure du dos, la tenue des rênes, mais non, c'est le regard. Tout commence par l'endroit où l'on porte les yeux. Mon amie, directrice du centre équestre normand, me l'avait souvent répété : le cheval prend la direction de notre regard. Il obéit davantage à nos yeux qu'au mouvement que nous effectuons avec nos mains. « Tu auras beau tirer sur tes rênes, si tu regardes ailleurs, le cheval ira ailleurs. »

C'était vrai aussi dans la vie. À force de regarder vers le bas, vers le noir, on finit par plonger dans le négatif. Si on lève les yeux et que l'on fixe l'horizon, les chances sont plus grandes d'y arriver. Comme en équitation, cela demande une certaine concentration. Il faut garder son assiette, ne pas être déstabilisé... Vivre, c'est un sport. J'étais en train de le découvrir. Mon regard s'était égaré sur le côté. J'avais entendu beaucoup de phrases méchantes, angoissantes et catastrophées sur mon compte, celui de mon couple et du monde qui nous entourait. Je les avais considérées. J'avais posé mon regard sur elles. Il a suffi d'un instant pour que le déséquilibre se fasse. Soudain, j'ai perdu mon assiette, la vie a fait un refus d'obstacle. J'ai fait une chute.

Plus tard, je me suis dit que je ne pouvais pas me permettre d'accumuler ces phrases-là en souriant, en me taisant. Il fallait dire non. Ne rien dire, c'est consentir. C'était politique, le fait de savoir dire non. Quelqu'un qui ne sait pas dire non, c'est un ventre mou en temps de paix, un collaborateur en temps de crise. Même en restant poli, c'était possible de dire non, car des petites phrases pas belles et angoissées, j'en ai entendu, j'en ai laissé passer, je m'en suis murmuré moi-même... Toutes ces phrases, j'aurais dû leur répondre comme en littérature, leur couper la chique comme on coupe un mauvais texte : pas de ça dans mon livre. À force de ne pas le faire, elles ont proliféré à la manière des mauvaises herbes. Elles ont envahi le terrain de l'amour. Elles ont poussé partout. Je les ai entendues d'abord, puis à force de les entendre, je les ai écoutées.

Ce bébé, dans mon ventre, était entouré de mauvaises herbes – paroles que je n'avais pas taillées, paroles que j'avais laissées pousser, au point qu'elles ont étouffé l'enfant à venir. Alors, bien sûr, l'enfant n'a pas pu venir.

C'était à moi de dire stop, de dire non. Non, je ne peux pas accepter ce que vous venez de dire. Non, là ça va trop loin. Non, vous allez dans la mauvaise direction. Non, laissez-moi vous montrer le chemin... de la sortie. Mais j'ai appris à être sage, à être une bonne élève, à ne pas exprimer mon mécontentement, peut-être parce que je suis une fille, et que l'on éduque ainsi les filles. Peut-être parce que l'on déménageait continuellement : j'étais toujours la nouvelle, de mes huit ans à mes quinze ans. Chaque année venait avec son changement d'école, son lot de nouvelles têtes, sa nouvelle maison, sa nouvelle ville, son nouveau pays... J'ai appris à être sage, peut-être parce que ma mère venait d'ailleurs. Quand on vient d'un autre pays, on se fait discret, ce n'est pas chez nous – comme quand on est invité chez les autres : on ne salit pas le tapis, on ne casse pas les objets. On est poli, on dit bien bonjour, au revoir et merci. On n'avoue pas que la nourriture n'était pas bonne, bien sûr, on dit : « c'était excellent, j'en reprendrai volontiers. » Sauf qu'à force de dire ça, j'en ai eu marre, moi, d'en reprendre volontiers. Vous en reprendrez bien un peu ? Eh bien, non. Non, je n'en reprendrai pas. Voilà ce que j'avais envie de dire, à la fin : non.

Mais j'avais appris la politesse, la discrétion, j'avais appris à me faire bien voir. Parce que je n'étais pas née ici, j'avais intégré ce principe sous-jacent, celui d'être l'invitée qui se tient bien. Je marchais dans la ville comme une invitée dans le salon de son hôte. Attention aux traces de chaussures, attention… Sauf qu'à force de faire attention, de me taire, d'en reprendre volontiers, de sourire, j'ai fini par être énervée. Énervée contre moi, tout d'abord, énervée de ne pas me prononcer, de taire ma voix.

Il y a une chose remarquable chez les serpents, c'est la mue. Les écailles qui protègent leur corps sont soudées les unes aux autres. Pour grandir, le reptile doit se défaire de l'enveloppe devenue trop petite afin d'en constituer une à sa taille nouvelle. Puisqu'il grandit tout au long de sa vie, le serpent mue également tout au long de celle-ci. L'ancienne protection, devenue inefficace, doit s'en aller. Une peau neuve, mieux adaptée, prend sa place.

Chez les humains, la mue désigne le changement de voix. Ce n'est pas la peau qui se renouvelle, mais la voix. Quelqu'un m'a fait remarquer, récemment, que j'avais plusieurs voix. Elle change selon la langue que je parle et selon mes interlocuteurs. Pourtant, ce sont les enfants qui ont plusieurs voix. Quelle était ma voix, celle qui me représentait dans l'instant où j'étais ? Un copain que je n'avais pas vu depuis plusieurs années m'a sorti tout de suite : « Tu as vécu quelque chose, ça s'entend dans ta voix. Ce n'est plus la même. Quelque chose s'est cassé. » Quand ma meilleure amie m'a appelée, j'ai décroché : « Allô ? » Un silence s'est fait. Puis elle a dit : « C'est toi ? Je n'ai pas reconnu ta voix. »

Une mue s'opérait. Je me débarrassais de l'ancienne protection, devenue étouffante, mortifère, la protection de l'invitée polie. À présent, une autre armure prenait sa place, une armure faite pour l'extérieur, une armure qui sait dire non. J'étais en pleine mue. Un reptile peut-il muer et pondre en même temps ? J'ai tapé « serpent qui mue et pond en même temps » dans la barre de recherche Internet. Cela n'a rien donné.

Au sol, il y a l'ancienne peau, la fausse timidité, la politesse qui consiste à accepter que l'on vous écrase le pied une fois, deux fois, trois fois, sans oser dire : « Aïe, là ça me fait mal. » Au sol, il y a les phrases méchantes, les mots pénibles, accumulés à l'intérieur de cette peau. Au sol, il y a les non que je n'ai pas su dire, tous à terre suite au seul grand non que j'ai dû dire : non à l'enfant à venir. Après cela, le changement est devenu inéluctable.

L'invitée a fini par être énervée. Énervée contre elle-même, mais aussi contre la violence des insultes, des regards, la violence du quotidien, des gens, du monde et de la bêtise. Énervée que l'on tue l'amour sur la place publique, que l'on vénère une image plutôt que la réalité, que les artistes vivent sous les ponts et les producteurs au dernier étage d'une tour illuminée ; énervée que l'on n'entende que ceux qui parlent fort, que l'on n'entende plus les silences, que l'on adule l'argent et l'agitation, que l'on dise de la poésie qu'elle ne se vend plus ; énervée que l'on viole les femmes et les enfants d'abord, toujours les femmes et les enfants d'abord…

À force de tout cela, la politesse se craquelle, la timidité se fissure, la gentillesse en prend un coup dans le buffet. À la fin, on a envie de cracher sur le tapis molletonné et de dire non, ça va, j'en ai assez, non je n'en reprendrai pas un peu. De la même manière que je porte mon regard vers la direction de mon choix, à cheval, j'allais décider de dire non aux phrases parasites et de regarder vers ce qui me rend heureuse.

Mais tout cela, je l'ai su trop tard. Je l'ai su après la mue. C'est l'avortement qui m'a fait dire non, qui m'a fait comprendre, parce qu'après l'avortement, ce que j'ai retenu, c'était de la colère. Je pensais à l'enfant que ma lâcheté et les phrases méchantes avaient empêché de naître : à toi, j'ai dit non, alors je peux dire non à tout le reste. À toi, j'ai dit non, alors je ne peux plus refuser de dire non à ce qui me blesse. Cet enfant à venir, c'était mon premier grand non. Ils appellent ça « dommage collatéral ». Cette expression m'a toujours paru d'une grande violence : dommage collatéral. Sans doute parce qu'elle est trop officielle, trop faible pour désigner toute l'injustice qu'elle représente.

Sans discipline, sans force, sans colonne vertébrale, tout fout le camp. Il faut du courage pour porter la vie. J'allais l'apprendre.

Avoir un être

Lors de cette seconde grossesse, je ne comprenais rien à ce qui m'arrivait. Confinée, sans pouvoir sortir, voir un ami, je pleurais matin et soir, car je ne savais pas comment j'allais parvenir à mettre cet enfant au monde dans la joie. Je voulais cet enfant, mais pas maintenant. J'avais l'impression de n'arriver à rien, et surtout pas à endosser mon rôle d'épouse, de future mère et de belle-mère. Pourtant, je faisais le travail : j'achetais les couettes pour les enfants de mon mari, avec la bonne housse bien assortie aux taies d'oreillers, je montais les lampes pour leur chambre, je pensais aux cadeaux d'anniversaire et de Noël, qu'offre-t-on à des enfants de cet âge-là, une petite montre ou une coque de téléphone portable, il ne faut pas se tromper sur le cadeau, c'est symbolique, ça fait la belle-mère qui a tout faux sinon, il faut que le cadeau plaise cela voudrait dire que la belle-mère leur plaît aussi. Je faisais attention à tout cela, vraiment, et je le faisais avec plaisir, mais au fond je n'y arrivais pas, en surface oui, je parvenais à joindre les deux bouts et nous nous adorions, nous riions ensemble, mais dans les profondeurs j'étais dépassée par cette situation du haut de mes vingt-deux puis vingt-quatre ans. Quand il s'est agi de devenir mère à mon tour, véritablement mère et pas seulement belle-mère une semaine sur deux, j'ai senti une immense vague me déborder.

Comment allait-il s'insérer là-dedans l'enfant, mon enfant, saurais-je être assez forte, assez heureuse, assez adulte pour lui donner la joie nécessaire, l'équilibre nécessaire, moi qui n'avais alors aucun équilibre ? Nous allions nous noyer tous les deux, j'ai pensé, effrayée. Comment allait-il réussir à être sûr de lui avec une mère si peu sûre d'elle ? À être épanoui, avec une mère si mal en point ? C'était impossible de faire naître un être tout étriqué à qui l'on n'offre qu'une petite place coincée entre deux coussins, un être pétri de mes peurs, de mes angoisses, de mon malaise, non, non, c'était impossible. Mon enfant n'aurait pas ce visage-là, pas du tout, il serait absolument heureux, absolument radieux. Non, c'était impossible. Et puis qu'allaient-ils dire de mon ventre tout rond, ceux qui disaient tant de mal de notre couple, ceux à qui ça ne plaisait pas que deux personnes si différentes puissent s'aimer si fort, ceux-là ne déposeront-ils pas des crachats et des insultes sur mon ventre rond comme la sorcière dépose un mauvais sort sur le berceau du bébé dans les contes de fées ? J'ai peur des mauvais présages, des auspices, des augures, des signes, des superstitions, je n'aime pas ça, je suis trop sensible pour qu'une insulte ne me blesse pas, et toi, mon bébé précieux, mon bébé d'avenir à venir, je ne peux pas te faire grandir avec la crainte que les insultes des autres éraflent ton joli visage.

J'ai pensé à tout ça, ou plutôt tout ça s'est mélangé en moi. Avec le mouvement, ces questions se noyaient dans le flux des jours, des activités, des distractions. Confinées entre quatre murs, elles ressortaient plus vives.

« J'ai peur que ça se passe de nouveau mal, comme la première fois », me confia mon compagnon. Je partageais cette crainte, laquelle était moins liée à des raisons biologiques qu'à notre propre fragilité émotionnelle. Nous étions tous les deux dépassés, incertains de notre avenir et de celui que nous pourrions garantir à un enfant à naître. Lui travaillait beaucoup malgré le confinement. Je restais assise à la maison, à observer cette chose qui, dans mon corps mal engoncé, grandissait de manière impérieuse, sans que la vie autour soit prête à l'accueillir. J'étais comme un train qui filait à toute vitesse, à destination d'une gare où l'accident était assuré. Je pleurais parce que je savais que cet accident allait avoir lieu, et pourtant je ne pouvais pas freiner le train. J'étais coincée, et je me sentais coupable.

Trois prises de sang espacées d'une dizaine de jours confirmèrent le fait que la grossesse évoluait, et même très bien. J'étais heureuse à l'instant où le laboratoire me confirmait une évolution positive. Trompée, peut-être, par ce terme, « positif », je me surprenais à être contente, au moment du résultat. Le reste du temps était pris d'assaut par le désarroi de ne pas savoir ce qu'il adviendrait de moi ni de cet enfant dans l'avenir. Pouvais-je vraiment porter la vie, alors que tout s'écroulait autour de nous ? L'infirmier vit que j'étais malheureuse et que j'avais perdu du poids. Il me dit gentiment : « Il faut faire quelque chose, vous ne pouvez pas traverser votre grossesse dans un tel état d'angoisse. »

Je me tournai vers des femmes, pour savoir quoi faire, comment faire. J'avais envie qu'elles me racontent, qu'elles me disent. Les mères de mes amis m'appelèrent et me racontèrent leur grossesse, leur jeunesse... Une femme qui a traversé le temps, la tête haute, cache des épreuves sous sa veste. Cela me faisait du bien d'entendre des histoires, des voix.

Ma mère me soutenait, avec un froncement soucieux de sourcils. Elle n'avait jamais eu ce visage-là auparavant. C'était la première fois que je lui voyais une expression si embêtée, elle d'habitude de marbre, heureuse derrière son sourire que rien ne traverse. Je ne l'ai vue pleurer qu'une seule fois dans ma vie. Elle est forte. Moi, je m'écroule à chaque coin de rue. C'est ainsi. Une phrase, la vue d'un chien qui boite et me regarde, une expression, une faiblesse, un rien me fait frissonner et pleurer. Elle, non. Elle a vu des bombes tomber, elle a traversé une guerre, une famine, elle se tient droite. Pourtant, elle était touchée, elle voulait m'aider. C'était ma mère, j'étais sa fille, j'étais enceinte. Un lien invisible, intangible, se dessinait et se nouait. Moi qui étais venue au monde par accident, elle qui n'avait pas prévu mon arrivée, voilà que nous nous trouvions main dans la main face à un autre accident. Qu'allions-nous faire ?

Venue au monde d'une manière imprévue, je n'avais jamais songé au véritable choix d'exister. Venue au monde par accident, je n'avais jamais songé au véritable choix d'enfanter. Je pensais que la vie arrivait, simplement. Je n'avais jamais interrogé la notion de choix – notion peut-être très nouvelle.

Ma mère était là, près de moi, et nous étions unies par une sensation féminine, celle de savoir ce que c'est que de porter à l'intérieur de soi un autre être. Les mères connaissent intimement ce sentiment de devenir deux, à partir de soi. Elles savent que l'on crée une vie, puis que cette vie ne nous appartient plus. Cette vie dépend de nous, de notre chair, mais aussi du reste. Elle vient de notre ventre mais, ensuite, elle appartient au monde. Avec mon père, nous évoquions la question sous un angle tout à fait différent: nous discutions des répercussions réelles, concrètes, de l'organisation, de mon métier, de mon état. Nous avions des discussions réalistes. Des questions surgissaient: comment allais-je faire ci, comment pourrais-je réaliser ça... Ils m'ont dit: si tu veux le garder, on t'aidera.

La grossesse déroule le temps différemment. D'un côté, elle le ralentit: nous devons attendre, l'embryon évolue jour après jour, le cœur bat, la tête se forme, nous ne pouvons rien précipiter. Nous devons attendre. Elle dure neuf mois, chaque jour est celui d'une évolution. Le temps semble alors si épais, plein de lui-même. Aucune heure n'est perdue. Chacune profite au développement de ce nouvel être. Mais d'un autre côté, la grossesse précipite le temps: à partir de toutes petites cellules, d'un tout petit truc au sein de notre corps, elle profile l'avenir, loin devant. Le temps est infiniment rapide, il suffit d'évoquer le nouvel être et on se met à penser au futur, à l'enfant, on l'imagine petit, on l'imagine adolescent, on l'imagine adulte, on se représente vaguement sa tête, son visage, on le voit marcher devant nous, sur un trottoir, on le propulse dans le futur.

Cette projection est souvent siège de bonheur et de sérénité. Mais parfois, ce n'est pas le cas : elle provoque simplement la détresse. Parfois, elle est même rendue impossible par l'angoisse permanente du présent. Aucune projection ne se fait, si ce n'est celle d'un trop gros malheur, d'un trop gros risque : le risque pour deux vies, celle du bébé, celle de la mère.

L'avenir me paraissait plein de doutes, je n'étais sûre de rien, si ce n'était de ma détresse. Je n'ai pas voulu prendre le risque d'être une mère perdue, effarée, malheureuse, ni celui d'avoir un bébé déjà condamné avant même de naître, d'être un être. Je voulais un enfant heureux, mettre au monde dans la joie et la confiance, offrir une belle vie.

Mon meilleur ami m'avait dit : « Tu es sûre de toi ? Tu portes peut-être la prochaine personne qui va inventer le vaccin contre le Covid ! » Nous avions ri, songeant que j'avais dans le ventre l'élu qui sauverait la planète de ce virus mortel. Cela faisait maintenant un an que le monde s'était arrêté, et nous attendions impatiemment l'arrivée d'un vaccin, pour nous libérer de l'inertie et de l'isolement dans lequel l'épidémie avait plongé nos vies. « Il inventera peut-être un vaccin, avait rétorqué un proche, mais tu n'écriras pas ton cinquième livre ! » Nous avions évoqué le courage de ces mères qui élèvent seules leurs enfants, alternant entre le médecin, l'école, les activités et leur propre emploi. Ce n'était pas rien, une vie. Et comment créer une vie dans le malheur ? C'était indigne de la beauté de cette vie.

J'ai décidé d'avorter. Cette décision a été loin d'être évidente. Jusqu'au dernier moment, je ne voulais pas avorter, mais j'étais dans une telle détresse, je pleurais tant, que c'était là la plus sage des décisions. Pourtant, je me disais, j'ai vingt-cinq ans, j'ai l'âge, je n'étais pas dans une impasse objective. Mais j'étais dans une impasse subjective, et il n'y a rien de plus intrinsèque et de plus subjectif qu'une grossesse et que la mise au monde d'un être humain. L'aspect matériel n'était pas tout. L'aspect émotionnel et vital était tout. Aucun âge, aucune condition matrimoniale ou financière ne suffit à objectiver et à obliger une grossesse.

C'est difficile à écrire, impossible à se figurer, absurde à penser. Vouloir une vie, ne pas la garder. Un possible qui ne se réalise pas, pourquoi lui plutôt qu'un autre, pourquoi un autre plutôt que lui ? L'existence est si fragile, jamais aussi fragile qu'en cet instant.

J'ai pris rendez-vous avec mon médecin. « Bonjour docteur, j'espère que vous allez bien. Si vous avez un moment, j'aimerais vous consulter à propos d'un questionnement et d'un problème que j'ai... C'est difficile, mais je crois que je dois vous en parler... » Il a répondu présent. Plus tard, il me dira qu'il avait tout de suite compris.

La veille du rendez-vous, j'avais une interview pour présenter mon nouveau roman. Je l'ai faite, puis je suis allée déjeuner chez mes parents. Avec beaucoup de bienveillance, ils m'ont demandé si j'étais prête à faire cet acte. J'ai dit non, je n'en ai pas envie. J'avais lu qu'il fallait signer une lettre officielle indiquant que je voulais avorter. Cela m'avait frappée. Je me sentais incapable de signer une telle lettre.

Le soir, nous avons discuté avec mon compagnon. Il s'était placé en retrait, car c'était à moi que revenait la responsabilité du choix. Nous avions été deux à concevoir cette grossesse, mais s'il y avait des médicaments à prendre, c'était moi qui les prendrais, et s'il y avait une lettre à signer, c'était moi qui la signerais. Juridiquement, il n'avait pas son mot à dire. C'était le choix d'une femme ; ce choix, j'allais l'assumer seule, à travers mon corps. Il aurait été déplacé de sa part de me convaincre d'une décision ou d'une autre. Voilà ce qu'il a dit, et il a ajouté : « Je pense que c'est une mauvaise idée pour nous d'avoir un enfant maintenant, mais la décision t'appartient. »

Pourtant, nous avions rêvé de cet enfant, nous avions fait une liste de prénoms, nous nous étions imaginé les choses, pourtant nous nous aimions... Mais ce n'était pas le moment, non, pas maintenant. Autour de nous, la vie avait fait des vagues. Nous ne nous en étions pas aperçus, d'abord. Puis, notre embarcation avait cédé à l'agitation de l'océan. C'était une embarcation fragile pour deux. À trois, elle aurait coulé. Il fallait retrouver l'accalmie avant d'ajouter un nouveau passager. Pourquoi y a-t-il des orages certains jours et du soleil d'autres ? On ne sait pas. C'est comme ça. C'était autour de nous. Il pleuvait. Nous voulions garder cet enfant, mais le tonnerre grondait. Nous aurions pu, et je ne sais pas pourquoi, nous ne pouvions plus. Des choses qui étaient possibles deviennent, soudain, impossibles. La vie change autour de nous, ou bien est-ce plutôt nous qui changeons à l'intérieur d'elle, comme un embryon grandit et se transforme au sein d'un ventre, comme un fœtus qui pouvait vivre dans le liquide amniotique et qui, soudain, ne le peut plus. C'était possible et puis c'est impossible. C'est ainsi aussi, une fois que nous sommes sur Terre : nous continuons à croître, en mouvement perpétuel dans cette étrange vie, au point que les choses possibles deviennent impossibles, et que les choses impossibles deviennent possibles…

C'est peut-être cette expression qui m'a induite en erreur, « avoir un enfant ». On n'estime jamais assez le pouvoir des mots. Avoir un enfant : j'ai pensé à un schéma de vie classique, j'ai cru qu'avoir serait source de bonheur. Quelle vision capitaliste de l'existence, avoir d'abord, vivre ensuite ! Quelle terrible erreur de nos sociétés ! J'ai cru à cette propagande de la famille heureuse, de la mère qui puise son bonheur et son équilibre dans le seul fait d'être mère. En 2021, ce sont encore des choses que l'on nous fait croire. « J'ai un enfant, j'ai deux enfants », dit-on, comme j'ai une maison, j'ai une voiture. C'est idiot, mais ce verbe *avoir*, je ne l'aime pas du tout. Je préférerais encore dire : « Je suis mère. » Cela m'induirait moins en erreur. Je suis, c'est une transformation de l'identité, cela s'approche davantage de la réalité. Moi, je me suis trompée à cause des mots, à cause des images : j'ai cru qu'avoir c'était déjà extraordinaire, qu'être bien venait ensuite. Avoir un enfant, cela me rendrait forcément bien, me disais-je. Mais non, pas forcément, car il faut être avant d'avoir. Surtout avant d'avoir un être.

Je ne sais pas ce que c'est que cette histoire de réussir sa vie. « J'ai réussi dans la vie, mais je n'ai pas réussi ma vie », cette phrase ancienne résonne dans mes oreilles. N'est-elle pas trop véhiculée, cette idée selon laquelle avoir des enfants est un accomplissement, que l'on réussit ainsi sa vie, avec un compagnon et des enfants ? Et l'avortement, la fausse couche, les interruptions de grossesse ne sont-ils pas trop considérés comme des échecs ? Mais de quelle réussite parle-t-on, et de quel échec parle-t-on ? Soudain, il ne m'a plus semblé que c'était réussir que de mettre au monde dans la tristesse et le désarroi.

Cette envie de réussite est-elle inhérente à l'homme ou nous vient-elle de la société ? Ce qui m'était inhérent, à moi, c'était de mettre au monde dans l'équilibre, la joie et la sérénité. L'enfant comme fardeau, cela aurait été un échec. Porter la vie en se questionnant, en pleurant, en étant dépassée et perdue, cela aurait été un échec. Un échec pour la vie elle-même. « Certaines femmes se sentent incapables, en raison des difficultés très graves qu'elles connaissent à un moment de leur existence, d'apporter à un enfant l'équilibre affectif et la sollicitude qu'elles lui doivent. À ce moment, elles feront tout pour l'éviter ou ne pas le garder. Et personne ne pourra les en empêcher. Mais les mêmes femmes, quelques mois plus tard, leur vie affective ou matérielle s'étant transformée, seront les premières à souhaiter un enfant et deviendront les mères les plus attentives[1]. »

Les corps étrangers

Le corps humain est ainsi fait : un système immunitaire le protège ; une forteresse, constituée de plusieurs barrières, empêche les corps étrangers de s'infiltrer. Si, par malheur, l'un d'entre eux parvient à se frayer un chemin, une armée d'anticorps réagit immédiatement pour le neutraliser. Cette défense assure la survie de l'organisme.

Seul l'organisme féminin accepte une faille dans son système de défense, afin d'accueillir un élément étranger. Cet élément pourrait-il le mettre en danger et cette faille lui être fatale ? Certaines fausses couches se déclenchent par réaction de l'organisme, qui rejette le spermatozoïde masculin, perçu comme un ennemi, un offenseur.

La métaphore est belle. Le corps de la femme me semblait, sous un angle politique, un pays, et son ventre une enclave ; sous ce nouvel angle médical, l'inverse m'apparaît : quels pays agissent aujourd'hui comme des corps féminins, quels pays reçoivent les corps étrangers, acceptent la faille qui pourrait les mettre en danger, mais aussi les transcender ? Car le corps de la femme reçoit, accueille puis transcende. Cet organisme humain, normalement constitué pour se défendre, accueille, lors de la grossesse, une chose qui vient du dehors. Un paradoxe si fort est d'ailleurs plus qu'une faille, une générosité. Non seulement la femme accueille ce corps étranger, mais voilà qu'elle le loge aussi, le garde à l'intérieur d'elle pendant neuf mois, le crée entièrement, avant de l'éjecter. Elle se met en danger et s'amoindrit pendant neuf mois, pour cet étranger venu en elle, d'abord sous la forme d'une particule masculine, puis d'un être à part entière, un fœtus, un organisme totalement autre. Deux organismes cohabitent à l'intérieur d'un seul : c'est le cheval de Troie. Avec ou sans traîtrise ? C'est effrayant, un étranger en soi. Le faire sien, cet étranger, afin qu'il devienne inhérent, c'est la mission de l'amour.

Ici, en France, ma mère est mon pays étranger. C'est son ADN qui me constitue en étrangère : vietnamienne. Là-bas, au Vietnam, c'est sans doute moi qui fus son corps étranger : corps ennemi introduit dans la faille de sa barrière défensive. J'étais cet étranger, qui grandissait et prenait forme en elle, grossesse inattendue dans son corps féminin, passée à travers les mailles du filet, produit d'une fissure. C'est peu dire que je suis faite de failles, c'est une faille qui m'a faite.

Quand j'étais petite, dans les rues de Hanoï, les gens me désignaient du doigt : « *tay, tay !* » Cela signifie : « étranger, étranger ! » Fière d'être française, je supportais cette désignation dignement. J'agitais mes cheveux bruns comme une marque de ma différence : les leurs étaient tous noir de jais. Ils voyaient dans ce brun, dans cette altération de la couleur, un gouffre – celui qui sépare deux corps au point de les dire étrangers.

Les corps étrangers, ce sont mon père et moi, blancs dans ce pays d'Asie. Les corps étrangers, ce sont ma mère et moi, asiatiques dans ce pays d'Europe. Le corps étranger, c'est le mien surtout, poupée russe à l'intérieur de ma mère, poupée russe à l'intérieur de ces pays dits miens mais qui me désignent, tour à tour, étrangère. Puis, être belle-mère, c'est aussi être l'étrangère d'une famille dans laquelle on arrive, comme dans un pays, avec ou sans visa. J'étais devenue belle-mère jeune, à vingt-deux ans. Voilà encore un autre sujet : la belle-mère. Caricaturée, odieuse dans la plupart des livres et des dessins animés, il se pourrait bien aussi qu'elle s'attache à être la meilleure possible, afin d'éloigner d'elle cette image ignominieuse, afin de se fondre dans la structure déjà existante d'une famille qu'elle a l'impression de déranger. Belle-mère, mère... L'une et pas l'autre, pourquoi être devenue l'une plutôt que l'autre ? Ces noms s'attirent et se repoussent comme la même face de deux aimants.

L'antonyme d'*étrangère*, qu'est-ce que c'est ? Aborigène, citoyenne, compatriote, essentielle, familière, homogène, inhérente, native, originaire, rapprochée, autochtone, connue, enfant, habitante, intrinsèque, naturelle, propre, parente... Je n'ai jamais eu ces adjectifs. Maintenant, je voudrais les coller contre ma peau. Comment devenir mère, sans se sentir ni familière, ni enfant, ni parente, ni essentielle, ni homogène, ni inhérente, ni native, ni rapprochée, ni rien du tout ? Toi, mon enfant, tu seras originaire, habitante, naturelle, intrinsèque, essentielle à moi, ton pays de naissance, ton enclave féminine, pays de ta géographie maternelle. Tu ne naîtras pas dans un pays en guerre, ni dans un pays en famine. Tu naîtras à l'ère de la paix.

C'est un horrible choix à faire, mais j'ai eu la vision de nous deux, mère et enfant, deux failles, deux étrangers sur les trottoirs de la vie qui se tiennent la main et avancent comme deux plaies béantes, incapables de se situer dans le monde. C'est la seule chose que je vois : mon incapacité, et de là, ton éternelle fracture. Cette vie possible est tout simplement impossible, quand on aime la vie et quand on s'aime si fort. Lorsque la paix et l'amour reviendront autour de nous, lorsqu'ils nous entoureront de la force nécessaire pour créer et vivre la vie, alors nous nous serrerons l'un contre l'autre, pour faire de nos deux corps étrangers deux corps bien familiers, à nous-mêmes et au monde.

Nous ne serons plus des invités, inattendus, jaillis d'une brèche. Nous serons assis au cœur du monde. *Naissance*, quel joli mot hélas. Je connais le bruit des bombes, la violence des insultes, la soif de tendresse, je connais la déchirure de naître. Et je t'interdis d'avoir ce visage-là, car la vie est trop belle pour naître sans sourire.

L'avortement

Le jour du rendez-vous, nous sommes allés au cabinet médical, mon mari et moi. Je n'ai pas dit un mot. Il a commencé à parler. Le médecin a écouté, puis il a répondu : « C'est courageux. » Je ne trouvais pas ça courageux, au contraire, je me trouvais lâche. Je m'affublais intérieurement de tous les noms, je me trouvais inconséquente, irresponsable, idiote. Le médecin m'a demandé mon avis, car après tout, c'était mon avis qui comptait. J'ai dit que dans de telles conditions, je n'avais pas le choix. Je ne pouvais pas poursuivre la grossesse. C'était irréaliste.

Il a voulu faire une échographie de contrôle, pour voir à combien de semaines nous en étions. Il a demandé si mon compagnon voulait rester ou quitter la pièce. J'ai exigé qu'il reste : nous devions traverser l'épreuve ensemble. J'avais été seule au Havre, à cause des restrictions sanitaires. J'ai trouvé ça plus juste qu'il voie aussi, qu'il sache. Nous étions dans le même bateau. Ce n'était pas un problème de femme, c'était une responsabilité commune, que nous avions tous les deux, homme et femme, engendrée. Il est resté.

Je me suis allongée sur le fauteuil et le gynécologue a procédé à l'échographie.

— Voulez-vous que je vous montre l'écran ?

Je n'ai pas su quoi répondre. J'avais envie de voir, mais pourquoi regarder, puisque nous allions l'enlever ? Face à mon trouble, il a renchéri :

— Ce n'est pas la peine d'ajouter du mal au mal. J'éteins l'écran.

L'écran est resté noir. Une nouvelle fois, je me suis trouvée lâche. J'avais l'impression de ne pas regarder les choses en face, de détourner le regard. Cela a été une douleur. Je déteste ne pas regarder les choses en face. Ce début de grossesse, je ne l'ai même pas vu. Pourtant, c'était dit avec délicatesse, le médecin avait raison : à moins d'être masochiste, cela ne servait à rien d'observer ce qu'il y avait dans mon ventre. Ce n'était pas une œuvre de Moriyama, il ne s'agissait pas de voir des crevettes sur fond argenté. J'ai tout de même demandé si cette grossesse était gémellaire ou pas. Étaient-ce encore des jumeaux ? Il m'a répondu que non, il n'y avait qu'un seul sac. Ça m'a fait quelque chose. Sans doute ai-je imaginé le sac unique, flottant là, dans mon ventre, prêt à grossir, prêt à grandir, prêt à être. Le pire, dans ces cas-là, c'est l'imagination, et la mienne est bien développée. Il fallait arrêter de penser. Je me suis relevée, je me suis rhabillée.

Le médecin a fait une ordonnance. Il a dit qu'il irait lui-même chercher les médicaments. Je devais revenir le lendemain, pour prendre les deux premières pilules, dans son cabinet. Plus les jours passaient, plus « la chose » évoluait. Il valait mieux réagir vite. Après, cela deviendrait de plus en plus difficile de l'enlever, à la fois physiquement et émotionnellement. Passé la douzième semaine, ce serait même impossible : il faudrait le garder. Cette précipitation imposée rendait la situation encore plus horrible. Nous étions blêmes.

Mon compagnon a demandé :

— Pour bien comprendre, est-ce qu'il s'agit d'un avortement ou d'une interruption de grossesse ?

— C'est la même chose, monsieur, a répondu le médecin. Avortement, interruption volontaire de grossesse.

Renoncer à la possibilité d'une vie, ou pire encore, imposer la fin d'une possibilité d'être. Avortement, interruption volontaire de grossesse. On pourrait croire que le mot *interruption* est violent, ou bien le mot *grossesse*, mais non, c'est ce simple mot, *volontaire*, qui est terrible, fatal. C'est le mot *volontaire* qui est le plus banal mais le plus cruel.

Pour nous rassurer, le docteur a ajouté que la grossesse était encore si petite que, même dans un cadre religieux, à ce stade-là, l'avortement était autorisé. Il a précisé : « Ce n'est pas un enfant, même pas un fœtus. » Nous sommes sortis, chancelants, sans échanger un mot.

L'âme

« Dans l'ensemble de la civilisation orientale et gréco-romaine, l'avortement est admis par la loi. C'est le christianisme qui a bouleversé sur ce point les idées morales en douant l'embryon d'une âme[1]. » Ces phrases, extraites du *Deuxième Sexe,* m'ont interpellée. Elles m'ont rappelé les mots du médecin. Simone de Beauvoir poursuit ainsi : « Cependant, une question se pose qui fut l'objet de discussions infinies : à quel moment l'âme pénètre-t-elle le corps ? Saint Thomas et la plupart des auteurs fixèrent l'animation vers le quarantième jour pour les enfants de sexe masculin et le quatre-vingtième pour ceux du sexe féminin ; alors se fit une distinction entre le fœtus animé et le fœtus inanimé[2]. »

En réalité, je pense que cela dépend de la mère, de combien elle a investi de sentiments, de pensées, de vie dans cette grossesse. Si, dès le deuxième jour, elle a parlé à ce futur enfant, elle l'a envisagé, elle l'a fait vivre dans son esprit, alors elle lui a imaginé une âme. Si, même au deuxième mois, elle n'a jamais envisagé l'enfant, elle a toujours refusé la possibilité de mettre une vie au monde, elle ne lui a fait aucune place dans son imaginaire, dans son corps, dans sa tête, dans son cœur, alors le départ est davantage médical que spirituel. C'est ce que j'ai tendance à penser, à titre tout à fait personnel, intime.

Héritage

Le lendemain, mon mari partait travailler. Il devait s'absenter plusieurs jours. Je suis montée seule dans un taxi, en direction du cabinet médical.

— Ça va, madame ?

Le chauffeur m'observait dans le rétroviseur. Je passai la tête par la fenêtre pour respirer. J'avais envie de vomir. Non, ça ne va pas, monsieur : je suis enceinte et dans quelques minutes, je ne le serai plus. Je n'ai rien dit, bien sûr.

Dans son cabinet, le gynécologue, compréhensif, m'a demandé comment j'allais. J'avais envie de pleurer, mais quelque chose en moi protestait : c'est ton choix, tu ne vas pas en plus pleurnicher. Je suis restée de marbre. Il m'a tendu un verre d'eau et deux médicaments. J'ai bu. J'ai avalé. Puis, il a dit :

— Il ne faut pas regretter après ça, car c'est terminé. Certaines regrettent juste après avoir avalé le premier médicament. Mais c'est trop tard, le médicament décroche la grossesse.

Il me l'avait dit après le verre d'eau et le médicament. Je me souviens. J'avais envie de lui répondre : « Il fallait me prévenir avant, vous me prévenez quand j'ai déjà bu, pourquoi ? » Il fallait me dire : « Il ne faut pas regretter, hein, certaines regrettent juste après avoir bu. » Ça, il fallait me le dire, mais avant. Pourquoi cette réplique alors que moi-même, j'ai déjà bu ?

Il m'a donné les deux autres boîtes, quelques conseils, des ordonnances, puis nous nous sommes quittés. Je pouvais l'appeler quand je voulais, il laissait son téléphone allumé pour moi. Il était là pour moi. Je l'ai remercié pour sa sollicitude.

Bien sûr, ce n'était rien, pas même un embryon, rien du tout. Mais j'ai l'impression d'avoir triché, d'avoir manqué de courage, d'avoir fait n'importe quoi. Je m'en veux et pourtant, les femmes doivent arrêter de s'en vouloir. Cette culpabilité, ne l'héritons-nous pas des siècles entiers durant lesquels l'avortement était interdit, pénalisé, considéré comme un crime, un délit ? Cette culpabilité n'est-elle pas plus historique et sociale que personnelle ?

En France, en 1556, la peine de mort était appliquée aux femmes qui avaient avorté. Un édit visait l'infanticide, mais par extension aussi les auteurs de l'avortement. Au XIXe siècle, il était considéré comme un crime contre l'État. La loi de 1810 prévoyait une réclusion et des travaux forcés pour l'avortée et ses complices. En 1923, l'interdiction d'avorter restait totale : amendes, prison et travaux forcés attendaient celles qui dérogeaient à la loi. En 1942, l'avortement fut décrété crime contre la sûreté de l'État. En 1971, Marie-Claire Chevalier passait devant les tribunaux pour avoir avorté suite à un viol. Peine de mort, réclusion, travaux forcés ? J'avais bien de la chance d'être confortablement assise dans le cabinet de ce médecin qui me tendait gentiment un verre d'eau.

La légalisation de l'avortement a été prononcée il y a seulement cinquante ans. Cette histoire répressive de l'avortement pèse-t-elle inconsciemment sur nos épaules ? Et si c'étaient ces siècles de condamnation qui nous empêchaient aujourd'hui encore de raconter ?

Sommes-nous encore punies ? Est-ce là notre héritage ?

Journal

16 mars

J'ai avorté.

Décision difficile en vue d'être heureuse et libre. La prochaine et troisième fois que je serai enceinte, ce sera pour t'offrir un avenir radieux, mon ultime bébé. Tu auras une maman heureuse et tu aimeras la vie.

En attendant, je dois trouver un travail en plus de l'écriture pour me changer les idées et m'inscrire dans la réalité. L'avenir est ouvert. Tout est possible. Ma seule issue est d'être heureuse.

Ma seule issue est d'être heureuse.

Une bouillotte sur le ventre, j'ai passé la journée alitée, à attendre que le fameux sang coule. Mon amie V. et ma mère sont venues à mon chevet, avec des couches, des serviettes, des Doliprane. Cette fois-ci, j'y allais en connaissance de cause : j'avais déjà pris ces pilules, je connaissais la marche à suivre. Je m'attendais au pire.

Allongée dans le lit, je reçus un message de ma copine normande, qui m'envoyait une photo de sa fille, gamine de quelques mois, souriante. « Qu'elle est mignonne ! » dis-je. Ma mère émit une grimace désapprobatrice, non qu'elle ne la trouvât pas charmante, mais parce qu'il lui semblait indécent de recevoir, à ce moment précis, une image de bébé. Elle eut une expression douloureuse et détourna son regard du téléphone. Il me parut qu'elle était plus meurtrie, plus énervée que moi. En fait, elle était entière, je veux dire par là qu'elle était restée un être entier, dont l'esprit et le corps sont reliés et qui a toutes ses capacités de jugement et de réaction. Ainsi vivait-elle cet avortement avec un déchirement que je ne rencontrais pas, ce jour précis. Plus tard, oui, plus tard il allait me revenir, mais ce jour-là, rien : je n'étais pas entière, j'étais découpée en deux. Mon corps gisait sous la couette, à attendre que les médicaments fassent effet ; ma tête partait ailleurs, trop effrayée peut-être, elle se faisait la malle, soldat déserteur. Elle faisait mine de gambader dans des champs de coquelicots, elle pouvait bien sourire face à la photographie du bébé joufflu, car ce qui se passait dans le bas-ventre ne la concernait pas. Voilà ce que la tête croyait fermement. Elle n'était déjà plus reliée à ce corps, c'était loin d'elle tout ça, si elle avait pu siffler un air elle l'aurait fait, et d'ailleurs quand mon amie V. a ramené à mon chevet des éclairs à la framboise, c'est quasiment ce que j'ai fait, siffloté ma joie, merci pour ces jolies gourmandises ! C'est pourquoi, face à la photographie, j'ai dit avec un grand détachement : « qu'elle est mignonne ! » Réaction que ma mère n'a pas comprise et photographie qui l'a, en tout cas, heurtée, elle, personne entière, témoin oculaire dont l'enfant aurait pu avoir l'enfant, mère de la mère.

Elle était là, en première ligne, et souffrit peut-être plus que moi, le jour de l'avortement, parce qu'elle était sur le front tandis que j'étais partie à l'arrière, en vacances, loin de tout ça. J'étais sortie de mon être tout comme l'embryon à venir sortait de mon corps. Je n'étais plus à l'intérieur de cette planche qui flottait, dans l'attente de sa destination, ce radeau en mer, dont la destination, oui, était l'expulsion de ce qui grossissait en moi, expulsion et fin de grossesse. Rien ne me touchait ni ne me choquait, je n'avais plus ma tête pour comprendre, pas de réflexe pour réagir, pas de mot pour communiquer. Je me désolidarisais de mon énergie, de mon système organique, de mes cellules, de tout ce qui était concentré sur cette tâche, cette attente, ce corps-planche, corps-radeau, cette expulsion et cette fin.

J'avais souffert d'avoir à décider, d'avoir à choisir, mais une fois les pilules avalées, je laissais tout tomber. Peut-être que ma tête se disait c'est bon, j'ai fait le travail, j'ai choisi l'impensable, au corps maintenant de se débrouiller, ce n'est plus mon affaire. Deux entités différentes se séparaient comme deux bateaux s'éloignent en mer : d'un côté, ma tête qui refuse le coup, et de l'autre, mon corps qui l'accuse. Quand mon mari, depuis son lieu de travail, m'envoya un bouquet de fleurs et une boîte de chocolats, je compris à peine pourquoi je recevais cela.

Tout cela fut tant et si bien que je ne ressentis pas grand-chose. Contrairement à la première fois, ce ne fut pas si violent. Je pensais même que cela n'avait pas eu lieu.

Le lendemain, ma mère dut s'absenter. Mon frère vint à mon chevet. Nous continuâmes à attendre. Finalement, je décidai de sortir marcher, pour agiter mon corps. Je me promenais au parc avec mon frère, pensant : ce n'est pas possible, la chose n'est pas tombée, je n'ai rien ressenti, alors que la dernière fois… Pourtant si, *la chose* était partie.

Quelques mois après la fausse couche, mon frère avait demandé, lors d'un dîner familial :

— Pourquoi personne ne nous parle de ça ? Une femme sur trois fait une fausse couche, et personne ne nous l'apprend.

Mon père avait répondu :

— À quel moment veux-tu que l'on te l'apprenne ?

— En cours de SVT, par exemple. C'est de la biologie, de la science.

Cela m'avait plu que cette interrogation vienne d'un homme, et j'étais touchée que mon frère se soit renseigné sur la question. J'étais fière de sa curiosité, de son humanité, car c'est bien cela dont il s'agit, d'humanité – celle de se dire : cela me concerne, cela m'interroge, cela nous concerne tous, ce n'est pas qu'une « affaire de gonzesses ».

— Une femme sur trois ? avait halluciné mon père. J'ai cinquante ans et je ne sais même pas ça ! C'est vrai, tu as raison, on devrait nous l'apprendre.

La question avait été posée par un jeune homme à un autre homme. Cela m'a donné espoir et foi en ce siècle nouveau.

« Les féministes de ma génération se sont vaillamment battues. Nous avons arraché une à une des réformes qui profitent à toute la société française (...) Mais il faut une relève à qui tendre le flambeau. Le combat est une dynamique. Si on arrête, on dégringole[1] », écrit Gisèle Halimi dans *Une farouche liberté.* Et cette relève était une relève féminine, mais aussi masculine. C'est cela qui me plaisait. Les hommes de ma famille s'intéressaient à la question.

Le jour de l'avortement, mon frère marchait donc avec moi, nous faisions des tours du parc, dans les allées. Il était à mes côtés et n'avait ni peur ni honte de l'être. Il faisait beau ce jour-là, nous marchions dans la lumière. Le soleil avait fait fondre la neige, étrangement, comme s'il avait fait fondre Neva aussi. Plus de neige, plus de Neva. J'arpentais le jardin avec une pensée tout autre. Je ne songeais plus au futur, à l'enfant qui allait naître, mais au passé, soudain.

Je pensais à ma grand-mère qui avait avorté plusieurs fois en sautant à pieds joints dans son jardin. C'est ma mère qui me l'a raconté. Au Vietnam, il n'y avait pas de moyen contraceptif, les femmes ne prenaient pas la pilule. Ma famille maternelle habitait un petit village, dans les rizières. Ils n'avaient pas le sou, et quand ma grand-mère tomba enceinte, après avoir eu déjà trois filles, mon grand-père lui conseilla d'avorter : ils n'avaient pas d'argent pour nourrir un enfant supplémentaire. Ma grand-mère voulait un garçon, mais elle se plia à la raison, aux exigences économiques. Sans contraceptif, elle tomba plusieurs fois enceinte : elle avorta donc, plusieurs fois. Il n'y avait pas d'hôpital, de médecin pour réaliser l'opération, il n'y avait pas de gynécologue dans un cabinet qui lui tendrait gentiment un verre d'eau. Elle fit avec les moyens du bord, et ma mère me raconta qu'elle l'avait vue plusieurs fois sauter à pieds joints dans le jardin. Petite, ça l'avait fait rire, elle la prenait pour une folle. Plus tard, elle comprit que c'était pour décrocher la grossesse. Quand elle me raconta les sauts de ma grand-mère, cela me parut comique, un peu de sourire dans le drame.

Enceinte de mon frère, en 1994, ma mère attendait dans l'hôpital vietnamien que le médecin l'appelle. Dans la salle d'attente, une femme se plaignait de ne pas réussir à avoir d'enfant. Elle déplorait le fait que son corps ne veuille plus de grossesse. Le médecin lui demanda si elle avait déjà avorté. Elle répondit oui, bien sûr, une quinzaine de fois. Ma mère, âgée de vingt-quatre ans alors, en eut le souffle coupé. Quinze fois ! Et elle s'étonnait que son corps ne veuille plus de grossesse : il avait bien compris le message. Nous avions ri de cette absurdité, mais en réalité, nous étions deux femmes qui parlions des femmes. En réalité, c'était épouvantable.

Identité

« Pourquoi moi c'est moi ? » J'avais posé la question à mon père, quand j'avais sept ans. Nous étions attablés à la terrasse d'un restaurant, une terrasse surélevée par rapport à la rue, je me souviens, et nous buvions des jus (sans doute ces jus de mangue dont je raffolais). Je lui demandais pourquoi mon âme était coincée dans mon corps, pourquoi j'étais moi, en définitive, et pas dans le corps de quelqu'un d'autre ? Pourquoi j'étais brune, avec la peau hâlée, pourquoi je n'étais pas une autre, complètement différente ?

Mon père avait ri, surpris. Fier, il avait pensé que je philosophais déjà. Moi, je pensais à la petite amoureuse de mon frère, une jolie blonde aux cheveux bouclés, dont les jambes étaient si longues que ses pieds touchaient le sol de l'autobus scolaire, tandis que les miens battaient toujours dans l'air. Je me disais : pourquoi ne suis-je pas elle ? Voilà à quoi je pensais, mais mon père se dit qu'il avait devant lui une philosophe en herbe, une gamine de sept ans qui se posait déjà des questions sur l'être et le néant.

En vérité, il n'avait pas tort, au sens où la question, bêtement posée par moi, était essentielle : pourquoi moi c'est moi ? Ce mystère, je n'ai jamais réussi à le résoudre par la suite. Cette question, je me la pose encore. Pourquoi ai-je ce corps, pourquoi mon âme est-elle coincée dans ce corps précisément, et non dans un autre ? Quelle question vertigineuse.

Le hasard des cellules, le hasard a créé ce corps. La vie a façonné cette âme, qui change. « Ce qui est terrifiant et inconcevable, ce n'est pas le vide infini, mais l'existence[1]. » Cette existence est incompréhensible. J'ai repensé à cette interrogation, pourquoi moi c'est moi, et à ce jus de mangue sur la terrasse de ce restaurant. L'avortement m'a fait penser à cette question, parce que c'était ça aussi : pourquoi pas ce moi dans ce corps-là ?

Soudain, l'acte était existentiel, philosophique, et il me revenait dans la gueule comme un boomerang : pourquoi moi c'est moi ? Et à cet embryon, terrifiante question : pourquoi toi, ce n'est pas toi ?

To be or not to be

Je n'avais jamais pensé arriver à une telle extrémité. Je n'avais jamais songé qu'il me serait donné de devoir choisir entre créer la vie et renoncer à la créer. *To be or not to be*, selon Shakespeare, mais cette fois-ci, le choix n'avait pas lieu entre les pages d'un livre, il avait lieu au sein de mon corps même. Je n'oublierai pas cette fausse couche, ni cet avortement. Ce sont des deuils à faire, mais deuil ne veut pas dire oubli.

Les jumeaux, c'était un accident. La responsabilité n'était pas mienne. Le dernier zygote, comme on aimait à l'appeler pour dédramatiser le drame, est parti par mon choix. La mort ou la vie choisie, j'aurai toujours le doute de l'homme ou de la femme qu'il serait devenu. Quel visage aurait-il eu ? Quelle âme, quel caractère ? Il aurait eu nos traits, à tous les deux. Ces traits auraient-ils été doux, aimables, rayonnants, ou bien tendus, tristes, déchirés ? Son corps aurait-il été musclé, lourd, massif, ou fin, aérien, filiforme ? Cet être aurait-il eu ma réserve, ma timidité, ou son assurance, sa générosité ?

Ces questions, désormais vaines, ne sont plus que de la littérature. La personne dont je vous parle n'est pas plus réelle qu'un personnage de roman.

Si j'ai annulé cette possibilité d'être, c'est afin de mieux embrasser d'autres possibilités. Alors, la négation devient une affirmation. À ce moment-là seulement, l'avortement m'est supportable. Sans ça, ce serait insupportable. Je me suis sentie comme une affreuse femme sans cœur, une criminelle, mais ce n'était pas le cas. Je n'avais pas tué quelqu'un. J'avais simplement mis un terme à une possibilité. Cette possibilité, avec toutes ses données uniques, ne verra jamais le jour, c'est vrai, mais la chose est supportable si je comprends que c'est pour mieux aimer, mieux vivre d'autres vies. Avorter, c'est aussi faire attention à la vie, contrairement à ce que l'on peut croire. Il peut sembler que cela signifie retirer la vie, mais en réalité, c'est le contraire : c'est faire attention à la vie. C'est vers le meilleur que tend cet acte si pénible.

Il ne s'agit pas tant d'avoir un enfant que de donner la vie. Pourquoi la donner ou pas, et dans quelles conditions : quelle va être la nature de ce cadeau ? Le verbe utilisé est intéressant : on dit « donner » la vie, non pas « créer » la vie. S'il s'agissait d'avoir, ce serait moins compliqué. Mais il s'agit de donner, et le plus grand des cadeaux, alors là, oui, *that is the question.* Personne n'est pour l'avortement : l'avortement est toujours un échec. En revanche, être pour la légalisation de l'avortement, c'est être pour la dignité des femmes. Légaliser, encadrer, rendre cet acte moins pénible (voire mortel), c'est reconnaître que la vie vaut le coût de la beauté et de l'amour. Oui à la dignité des femmes. Oui à la beauté de la vie et de l'amour.

Portrait

La semaine où j'avortai, j'avais rendez-vous pour refaire mon passeport. Étrange coïncidence : je venais d'annuler la possibilité d'un être, d'une identité, et l'on me demandait de reconstituer la mienne. Il fallait venir avec des photographies récentes. J'allai donc dans le métro, dans une cabine de photomaton. Le rideau se soulevait avec le vent, j'avais du mal à caler mon visage dans l'ovale conçu à cette fin, des gens passaient dans les couloirs poussiéreux, ils me déconcentraient. Je fis plusieurs tentatives, aucune ne me plaisait. Finalement, j'imprimai une série qui m'était désagréable. Mes traits étaient tendus, tristes. Je les trouvais insupportables. Était-ce vraiment dû à la cabine, au métro, aux gens, au vent, au rideau ? En vérité, je crois que je ne pouvais plus me voir, ni dans un miroir ni en photo. Mon reflet m'était insupportable car, dans ce visage, je voyais le deuil d'une possibilité, le visage d'un enfant qui n'était pas né. Pourtant, un tas de femmes avortent, un tas de femmes, ma grand-mère y compris, l'avaient déjà fait, plusieurs fois. Il ne faut pas intellectualiser la chose, me dis-je, il ne faut pas y penser si fort, se retourner le cerveau autant. Mais c'est vrai, je le constate, j'ai du mal à me regarder dans un miroir. Mon visage ne me dit plus rien qui vaille. C'était l'avortement, précisément : j'avais détruit quelque chose, et il me semblait insupportable de survivre à cela, de devenir moi-même autre chose.

J'ai glissé dans mon portefeuille un exemplaire de la photographie pour le passeport, puis j'ai déchiré toutes les autres photos en petits morceaux. Ce faisant, je déchirais le visage de celle qui avait fait ce choix, le choix de détruire une vie à venir. Voilà ce que je mérite, me disais-je. Plus encore, je déchirais ces photographies d'identité pour déchirer l'identité même : bientôt, une nouvelle identité allait s'imposer. Le drame cassait l'identité d'une jeune fille innocente, d'une jeune femme équilibrée, d'une épouse heureuse, il déchirait toutes ces identités qui auraient dû être miennes, sur le papier, mais ne l'étaient pas. C'est sans doute à ce moment-là que la mue commença. Ces photographies déchirées tombaient, comme une peau morte, à terre. Cette jeune femme que je faisais semblant d'être, souriante, sage, polie, contente, cette jeune femme était une enveloppe d'écailles trop étroite. Parce que j'avais dit non à l'enfant, je devais dire non à cette jeune femme sur la photographie. Épouse, mère, sœur, fille, auteure... Après l'avortement, il n'y aurait plus d'identité. Elle serait à réinventer entièrement. La mue commençait.

Ce sentiment, qui accompagnait la mue, était un sentiment dégoûtant. Dégoût de moi-même, dégoût de tout. Je déchirais tout en petits morceaux. Je me disais : cela passera sans doute. C'était hier, rien qu'hier. Dans une semaine, cela passera. Il fallait que ça passe, mais l'idée même que cela puisse passer m'était insoutenable. Allais-je m'en sortir comme ça, ne devais-je écoper d'aucune peine, pour l'acte que j'avais commis ? À présent, je me rends compte que cette manière de me flageller était quelque peu archaïque. Il m'a fallu la mettre en regard avec l'histoire de l'avortement pour comprendre que ces pensées provenaient d'une histoire plus large, plus ancestrale que la mienne. J'allais le découvrir après.

Mais comment faire le deuil d'une possibilité ? La littérature est le lieu de la vie possible, l'endroit de toutes les possibilités. Alors, je songe à écrire. Une vie possible, est-ce la possibilité de tout ? Dès lors que l'on prononce le mot *possible*, tous les champs s'ouvrent, le roman commence.

Journal

29 avril

Pour faire le deuil, il faut parfois parler, plus souvent écrire.

Toi qui n'es pas né, tu naîtras dans un autre corps. Toi qui n'as pas embrassé cette vie particulière, tu en embrasseras une autre plus belle.

Toi qui allais naître sous de mauvais auspices, tu naîtras dans la félicité. Toi qui es apparu dans un moment si moche, tu reviendras sous une autre forme, et sous un ciel plus beau.

Je t'attends toujours, mais je veux t'attendre différemment. Je veux t'attendre mieux, c'est-à-dire t'accueillir.

Médecine

« Vous voyez la deuxième porte à gauche, au fond du couloir ? C'est l'escalier, vous montez au troisième étage et vous trouverez le service de radiologie, le centre d'imagerie, c'est là où se font les échographies de datation. Vous pouvez prendre l'ascenseur aussi, sur votre droite, mais il y a du monde, ça ira plus vite par l'escalier. Rendez-vous la semaine prochaine au rez-de-chaussée, porte verte, salles d'accouchement. C'est là que se font les échographies pour vérifier que les sacs sont bien partis, si ce n'est pas le cas, le bloc opératoire est au même niveau, nous vous y conduirons directement. »

L'architecture de l'hôpital dédouble l'architecture de mes organes : couloirs, ascenseurs, portes, escaliers sont aussi ventre, utérus, zygote, seins, bras, jambes... Ces phrases résonnent encore dans ma tête. Médicales, scientifiques, professionnelles, elles se superposent à l'intime, à l'affectif, à l'émotion de mon corps.

J'ai mis du temps à séparer les deux : l'aspect totalement privé, subjectif, de la grossesse, et sa prise en charge médicale, rationnelle, objective. Tout de suite, ça avait été des rendez-vous, des prises de sang, des infirmiers, des médecins… Nos corps de femmes sont immédiatement remis entre les mains des médecins –, souvent des hommes : gynécologues, accoucheurs, obstétriciens… Je n'avais été entourée que d'hommes, professionnels. Seule une femme était intervenue, c'était la sage-femme qui avait réalisé mes échographies au Havre. Cependant, lorsqu'il avait fallu administrer des médicaments, elle m'avait renvoyée vers le médecin, un homme.

J'avais remarqué que le domaine de l'enfantement, de la grossesse, était passé d'une sphère privée, celle du domicile de la femme et du discours des femmes entre elles, à une sphère publique, celle de l'institution médicale, des cabinets, de l'hôpital, du discours scientifique… Cette dernière sphère était souvent masculine : la science, la médecine, les postes importants étaient depuis longtemps à la portée des hommes, qui faisaient des études longues, et non des femmes. Cela commence tout juste à changer, c'est très récent et encore fragile. Reste que ce paradoxe est survenu dès le XXe siècle : avec l'expansion du savoir médical, l'accouchement ne se fait plus au foyer mais à l'hôpital, et la grossesse n'est plus surveillée par les femmes de la famille mais par le médecin, dans son cabinet médical. Autour du ventre arrondi, la solidarité féminine laisse place à des discours scientifiques.

L'hygiène, la pasteurisation, la césarienne, la péridurale, l'échographie, l'invention du biberon, les disciplines nouvelles de la pédiatrie et de la puériculture... Tout cela a créé un pont entre l'intimité féminine et le savoir scientifique. La mortalité maternelle devint de moins en moins fréquente avec la prise en charge médicale, ce progrès fut entendu et la maternité quitta définitivement le domaine privé pour être pris en charge par le domaine public.

N'est-il pas étonnant que la maternité, attribuée à la sphère féminine et privée, dont on a pu dire qu'elle était si intrinsèque à la femme qu'elle en définissait l'identité même, et justifiait le retrait du droit de vote, du droit au travail, de l'égalité des salaires, car cette maternité était ô combien pénalisante, pénible, que ce soit pendant la grossesse même ou simplement à cause des menstruations, gênes mensuelles, perturbatrices d'humeur, lesquelles empêchaient aussi bien le travail physique, dû au mal de ventre, que le travail intellectuel ou en groupe, dû aux irritations, à l'émotivité – sans compter l'interdiction d'entrer dans certains lieux sacrés car ce sang est impur –, n'est-il pas étonnant, donc, que cette maternité qui serait le fait des femmes au point de les rendre « inférieures » aux hommes, se retrouve en réalité non plus dans les discours de la sphère féminine et privée, mais dans ceux de la sphère masculine et publique ?

Les discours entendus étaient davantage masculins que féminins, car ils étaient portés de manière publique par des médecins, des hommes politiques, des écrivains. Étant donné qu'il y a toujours eu moins de femmes dans ces fonctions-là, les paroles des femmes entre elles diminuaient sous le poids savant et institutionnel de ces discours masculins. Yvonne Knibiehler note qu'une révolution maternelle a eu lieu depuis le XXe siècle, suite à deux facteurs : l'intervention du pouvoir public dans la vie familiale (l'intérêt de l'enfant devient une affaire d'État, avec les politiques familiales, les crèches publiques, les écoles publiques, les diplômes de puériculture) et l'emprise croissante des sciences biomédicales et des sciences humaines[1].

Remise entre les mains de la médecine, la maternité est abordée de manière moins affective, plus clinique. Cela est pour le meilleur – baisse de la mortalité des femmes en couche et des nourrissons, prise en charge, médicaments adaptés, grossesses et accouchements moins désagréables, plus sécurisés – mais parfois, aussi, pour le pire : le corps, médicalisé, est quelque peu dépossédé de son expérience féminine et cette dépossession peut conduire à des abus médicaux. Je pense notamment aux gestes opératoires non nécessaires, ordonnés car facturés. Comment savoir que telle opération n'est pas nécessaire, que le médicament adapté permettrait, par exemple, d'interrompre la grossesse sans besoin d'un curetage, d'une anesthésie générale et d'une opération qui traumatise le corps et l'esprit ? Sans savoir médical, la patiente obtempère évidemment. Ce qu'elle ne sait pas toujours, c'est que cette opération rapporte de l'argent et que, si elle n'est pas nécessaire à son corps, elle l'est aux caisses qu'elle renfloue...

Ce que j'écris n'est pas inconnu, de la même manière que « le point du mari » n'est pas inconnu. Cette opération, qui consiste à ajouter un point supplémentaire lors de la suture du périnée, après l'accouchement, avait été dévoilée en 2014 par une sage-femme alsacienne, laquelle rapportait les propos d'un médecin : « Je vous fais un petit point du mari, madame ? Pour vous, ça ne change rien, mais votre mari sera content. » Heureusement, ces « points de trop » sont souvent involontaires, et rares sont les abus des gestes opératoires… Toutefois, ils existent, et ces mutilations, douloureuses à la femme, réalisées en l'absence de son consentement et pour le plaisir de l'homme, ne sont pas très éloignées de l'excision, dans le genre…

Lors d'un séjour sur l'île de la Réunion, j'appris qu'un scandale y avait éclaté dans les années soixante-dix : alors que l'avortement était toujours sévèrement puni en métropole, il avait été encouragé en outre-mer. Les politiciens trouvaient l'île surpeuplée et, dans la crainte d'une guerre d'indépendance, ils jugèrent bon de diminuer le nombre d'habitants. Les nouveau-nés sont de futurs adultes en révolte. En accord avec une clinique, ils autorisèrent des médecins à pratiquer des interruptions de grossesse sur des femmes enceintes de trois à six mois, allant jusqu'à leur ligaturer les trompes pour les rendre stériles, et ce, sans leur consentement. Dès qu'une femme enceinte venait consulter un médecin à la clinique de Saint-Benoît pour un problème quelconque, celui-ci lui annonçait qu'elle devait être opérée. Sans lui dire qu'il l'avorterait, il effectuait cela durant l'anesthésie. Les opérations facturées rapportaient une somme d'argent conséquente aux médecins dans la mèche. Plus de huit mille femmes ont ainsi subi un avortement sur l'île de la Réunion, alors que cet acte était puni en métropole. Hypocrisie, politique, argent, mainmise médicale…

Il fallait être naïf pour croire que nos corps étaient libres, que nous ne faisions pas partie d'une grande machinerie mise en place pour nous soutenir mais aussi nous contrôler. Le féminisme est une vigilance.

La bouillotte

Trois heures de train aller, trois heures de train retour. Deux nuits sur place. J'ai l'habitude de ces déplacements furtifs pour présenter mes livres. J'en effectue plusieurs par mois. En revanche, une habitude a changé : celle des affaires que j'emporte. À présent, j'embarque toujours cette bouillotte avec moi. Cela paraît un peu ridicule, alors je la dissimule bien au fond du sac, sous les vêtements, sous les affaires de toilette. Si quelqu'un la voit, c'est la honte, me dis-je, ça fait vraiment troisième âge, l'auteure qui voyage avec sa bouillotte. Mais je ne peux me résoudre à la laisser, car il m'est désormais impossible de m'endormir sans elle. Dans les différents hôtels où je séjourne, elle m'accompagne, je la serre la nuit contre mon ventre. Sans cet objet, sa chaleur, je ne trouve pas le sommeil.

Pourquoi est-ce soudain impossible de trouver le sommeil sans cette chaleur apposée à ma solitude ? Impossible au point qu'il faille l'emporter dans le train, dans les hôtels, au point qu'une nuit sans cet objet est une nuit sans sommeil ? Depuis mes grossesses, je me trimballe cette bouillotte. Dès que j'arrive dans la chambre, je vérifie qu'il y a bien une bouilloire. Je fais ma petite cuisine vers une heure du matin : l'eau à chauffer, la verser brûlante dans l'entonnoir, en renverser sur le sol évidemment, merde, jurer parce que je me suis brûlée, refermer le bouchon. Ensuite, je me glisse sous les draps, la bouillotte contre mon ventre. À la maison, c'est plus simple : je n'ai pas besoin de dissimuler l'objet et je maîtrise parfaitement ma bouilloire. Toutes les nuits, je me blottis contre cette chaleur. Seulement, cela m'intrigue. Je n'avais jamais dormi avec une bouillotte auparavant.

Je serre l'objet contre mon ventre comme une consolation, une chose qui le réchauffe… Je le tiens là, comme un prolongement du ventre, une chose qui remplace la chaleur de l'enfant et la taille arrondie de la grossesse… Est-ce un hasard ? Mon mari m'avait acheté la première bouillotte après la fausse couche, « posez une bouillotte chaude sur votre ventre », avait prescrit le médecin. La seconde, c'était ma mère qui me l'avait apportée le jour de l'avortement. Depuis, je dormais avec. Dans mon esprit, cela s'apparentait à un doudou. Mais, plusieurs mois après, je me rendis compte que cet objet mou, chauffant, empli d'un liquide et apposé à l'endroit précis de mon ventre était fortement lié à l'idée de grossesse. Un ventre offert par mon mari, un autre offert par ma mère… Passation…

Une heure dix de train aller, une heure dix de train retour. Une nuit sur place. La bouillotte, au fond du sac, n'a plus le même visage. Ventre maternel amovible, me dis-je. Après le terme originellement prévu, je n'en aurai peut-être plus besoin…

La difficulté d'écrire

« J'ai longtemps hésité à écrire un livre sur la femme[1]. » C'est la première phrase du *Deuxième Sexe*. Cette petite phrase, celle d'une hésitation, précède près de mille pages de pensées.

J'ai longtemps hésité à écrire sur la maternité, la grossesse, l'interruption volontaire ou involontaire de celle-ci. Mais j'ai eu besoin, après l'avoir vécue, de lire les paroles d'autres femmes. J'en ai trouvé quelques-unes : Gisèle Halimi, Simone de Beauvoir, Simone Veil, Annie Ernaux... Quelques femmes avaient pris la parole sur ce sujet fragile. Chaque fois, cependant, elles avaient commencé par une hésitation, une pudeur. Elles avaient hésité, puis elles l'avaient fait, elles l'avaient écrit, car elles avaient senti là une nécessité. Cette nécessité, je la confirme : c'est la nécessité que j'ai ressentie à lire leurs textes. Sans parole, comment porter une histoire ? J'avais besoin de comprendre dans quelle histoire de femmes je m'inscrivais, dans quelle histoire de société aussi, qu'est-ce qu'un avortement, une grossesse, une femme ? Personne ne m'avait parlé de ça, bien que l'on soit en 2021. La plupart de mes amies n'avaient jamais été enceintes. J'ai dû me tourner vers celles qui avaient vécu la même chose que moi. Seulement là, en confrontant ma mémoire et la leur, seulement là j'ai pu valider mon sentiment. Sinon, tout vous dit de vous taire, rien ne vous donne raison.

Aucune des amies, aucune des proches qui m'ont ouvert leur cœur à ce sujet ne l'avait fait avant. C'est seulement lorsque je les ai appelées, lorsque je leur ai parlé de mes grossesses échouées, qu'elles ont murmuré, au bout du fil, dans mon oreille, à demi-mot, qu'elles savaient bien de quoi je parlais, car elles l'avaient traversé aussi. Parfois, c'étaient des femmes dont je ne savais pas grand-chose. C'étaient des femmes de vingt ans, de trente ans, de quarante, cinquante et soixante ans, des femmes aux cheveux blonds, châtains, noirs, roux, gris, blancs, des femmes que je connaissais, ou que je connaissais moins, mais qui s'ouvraient à moi dans une sororité soudaine et solide. Elles ne me l'auraient jamais dit, sinon. À quelle occasion ? Là, elles se dévoilaient, et à leur voix, à leur ton fragile, envoûté de mystère, je comprenais que ces mots avaient été rarement prononcés par elles. Je sentais que ces paroles sortaient de gorges enrouées, de souvenirs tapis dans l'ombre, mais si présents pourtant. Aucune n'avait avorté ou perdu un enfant à naître sans en ressentir quelque chose de réel, d'ineffaçable. Cela avait eu lieu, de manière plus ou moins difficile pour chacune, mais cela avait eu lieu, c'était un fait. Elles en avaient si peu parlé que j'entendais une poussière du souvenir sur leur récit, une poussière cristalline qui s'était déposée sur cette boîte, laquelle s'ouvrait maintenant...

Par ailleurs, ceux qui ne savaient pas, qui ne pouvaient pas se douter, m'ont dit que ce n'était rien, que j'allais oublier, que ça n'était même pas un fœtus, ce n'était pas un enfant, que mes émois étaient de la littérature. Pourtant, j'avais vu mon corps se transformer, je l'avais senti. J'avais eu la sensation d'être deux, d'être trois dans le même corps. Et puis cette sensation d'être seule, seule, en voyant tout disparaître. « Perdre », c'est le verbe. La perte d'une vie, la perte de symptômes, le dégonflement, tout retombe à plat, comme avant, dirait-on, mais rien n'est comme avant. Même sans tristesse, même sans drame, rien n'est comme avant. Ça avait eu lieu.

« La seule chose sûre, c'est ce ventre fourragé et saignant, ces lambeaux de vie rouge, cette absence de l'enfant. C'est au premier avortement que la femme commence à “comprendre”. Pour beaucoup d’entre elles, le monde n’aura plus jamais tout à fait la même figure[2]. »

Il y avait eu, une fois, ce dédoublement du corps. C’est comme une feuille que l’on plie, qui devient deux, puis trois, puis quatre, qui devient multiple, complexe, riche. Et voilà qu’on la déplie : elle redevient plane et blanche, bêtement vide, mais la trace des pliures est encore là et elle se rappelle l’abondance de ses plis, de ses ombres, de ses recoins. Elle se rappelle les mille possibilités qu’elle avait soudain, devenant origami, avion, maison, animal. Elle se souvient. Ainsi de mon corps, qui doit se réinventer, qui se souvient de ce pouvoir de se démultiplier, de devenir un autre être, mille autres êtres. Et le voilà de nouveau seul. Et c’est sans doute bien aussi.

En tout cas, ce corps s’interroge et les récits de ces femmes lui donnent raison, quand tout lui donne tort.

Interrompre une grossesse, c’est quelque chose que l’on fait, ou qui se fait, et puis que l’on oublie. Mais on l’oublie en surface ; au fond, on ne l’oublie jamais. Quand on vit dans la blancheur des jours, la mémoire peut effacer, elle sait faire ça. Mais quand on se retrouve dans le silence, quand on écrit, dans l’intimité des carnets, la mémoire ressurgit. Alors, elle ne peut plus effacer, non, elle est incapable de faire ça.

Puis je me demande ce qui est le plus raisonnable : ne pas écrire, avancer dans l'existence et dans l'oubli, ou au contraire se retourner et écrire sur l'événement, s'en souvenir. Que faut-il dire, que faut-il taire ? Vaste question dans la vie, éternelle question dans l'écrit. Cette hésitation à écrire sur l'avortement et la grossesse est venue. Mais dans quel lieu évoque-t-on cela, sinon dans l'écrit ? Où raisonner et comprendre, sinon dans la littérature ?

« Il y a peu de sujets sur lesquels la société bourgeoise déploie plus d'hypocrisie : l'avortement est un crime répugnant auquel il est indécent de faire allusion. Qu'un écrivain décrive les joies et les souffrances d'une accouchée, c'est parfait ; qu'il parle d'une avortée, on l'accuse de se vautrer dans l'ordure et de décrire l'humanité sous un jour abject : or, il y a en France chaque année autant d'avortements que de naissances[3]. »

Quand j'ouvre le tome lourd du *Deuxième Sexe* et que je lis cette première phrase : « J'ai longtemps hésité à écrire un livre sur la femme », je comprends qu'il ne faut plus hésiter.

Le choix

Certaines religions sont contre l'avortement : ce choix est un acte qui nous met à la place de Dieu, le choix de créer ou d'annuler. Mais que l'on croie en Dieu ou que l'on n'y croie pas, l'avortement est une liberté humaine, celle de construire une vie meilleure avant d'accueillir un nouvel être, une liberté que l'on ne s'octroie pas sans réfléchir, sans être profondément traversé par ce que l'on traverse. Certains pays interdisent l'avortement. Et l'humanité de l'embryon, et son âme, diront certains ? Un poète répond à ma place, Paul Éluard : « Il ne faut promettre et donner la vie que pour la perpétuer, comme on perpétue une rose en l'encerclant de mains heureuses[1]. »

Pour ma part, je crois en l'humain et en la poésie. Je crois qu'il faut s'occuper déjà des enfants qui sont nés, des enfants qui marchent nu-pieds, des orphelins, des enfants abandonnés. Il faut s'occuper des femmes. Comment peut-on obliger une femme à mettre au monde, à transformer sa vie et son corps, malgré sa détresse, tandis qu'au même moment, on tue des gens au nom de la religion ? « Si la morale y trouve son compte, que penser d'une telle morale[2] ? » Du reste, je ne polémique pas : celles qui l'ont vécu, celles et ceux aussi, car des hommes ont fait ce choix, certains en ont pris la responsabilité, en ont souffert, y pensent encore, certains n'ont pas eu droit à la parole, certains auront des choses à dire, mais celles et ceux qui l'ont vécu savent ce qu'ils ont vécu, et pourquoi, et comment. Les théories générales ne nous concernent pas, c'est notre histoire, simplement, l'histoire des gens... Et cette histoire a le droit d'être racontée.

Je me suis mise à écrire sur l'avortement parce que j'ai rencontré un sentiment de culpabilité à l'intérieur, un silence à l'extérieur. L'un s'ajoutait à l'autre pour confirmer une forme de honte. Et comment faire un deuil, comment aller de l'avant, sans parole, sans résilience ? Je me suis mise à écrire car ce que je traversais n'était pas exceptionnel : des tas de femmes le traversaient aussi.

Soudain, l'événement était passé, plus personne n'y pensait, mais mon corps se souvenait. Je pouvais le taire, mon corps ne l'oubliait pas, ni ma mémoire. Vous savez comme moi que la mémoire nous rattrape toujours. Au tournant d'une rue, elle vous attrape par la manche. Elle vous dit : « Toi, je ne t'oublie pas. » Ou pire, elle n'est pas au tournant de la rue, elle est dans un coin de votre tête, lancinante et constante ; elle est dans le reflet du miroir, quand vous croisez votre visage, elle est là dans les cernes, dans les traits crispés, sous l'épiderme ; elle est là.

Je voulais trouver la paix avec cette mémoire, entendre des voix dans ce silence. Je ne veux plus penser : je suis doublement, triplement seule, avec ces trois petits morts sur les bras, comme trois petits rêves éteints, comme trois petites souffrances, trois petits rien du tout, trois petits regrets, trois petits soucis, trois petits souvenirs, trois petits désirs… Je ne veux plus porter cette douleur, comme on porte un enfant. Je veux aller de l'avant, appeler ça *aller*, appeler ça *de l'avant*…

La fausse couche m'avait rappelé le miracle d'être en vie. L'avortement, lui, m'a rappelé la nécessité de conduire sa vie. D'un côté, il y avait les aléas de la nature, c'était biologique. De l'autre, il y avait la vie humaine, la force de sa volonté, la fragilité de ses capacités, c'était philosophique. Comment faire de son existence une vie ? On accueille les enfants dans une vie, non dans une existence. Il faut que la vie soit aimée, construite, que la mère soit solide, qu'elle ait des revenus, qu'un monde les accueille. On ne balance pas des êtres dans l'existence comme ça.

« Un être humain, ce n'est pas seulement une créature biologique. Être un être humain, c'est aussi être accueilli. C'est vrai pour les adultes. C'est encore plus vrai pour l'enfant qui naît. Avoir sa place avant de naître, c'est cela la dimension nécessaire de l'humain et c'est à cet aspect humain là que j'attache le "respect" dont on parle tant. Donner la vie sans la joie de l'amour, sans que ce soit une réponse de la mère, consciente ou non, à l'appel de la vie, ce n'est plus donner la vie : c'est précipiter l'enfant que l'on porte dans un désert affectif[3]. »

En explorant les conditions sans lesquelles un être ne peut venir au monde, je songe que ce sont les mêmes conditions dont nous avons besoin pour vivre chaque jour : avoir sa place, se la créer, ressentir cette joie de l'amour... Nous passons notre temps à courir, à construire, à perdre de vue les raisons pour lesquelles nous sommes venus ici, tout d'abord. Ce qui avait présidé au choix de garder une vie ou non présiderait aussi à chaque journée de la vie. Si nous ne pouvons naître sans cette joie de l'amour, nous ne pouvons vivre sans elle non plus. Le choix de vivre, le choix de garder sa vie, c'est un choix à faire chaque matin. Quand le réveil a sonné, je me suis imaginée venir au monde, redevenir l'enfant qui naît. Vie éphémère, vie fragile dont on perd si souvent le sens... J'voudrais pas crever avant d'avoir tout vu, tout senti, tout aimé, tout donné... J'voudrais pas crever sans avoir répondu à l'appel de la vie, sans avoir essoré toute cette joie de l'amour...

Kaddish pour l'enfant qui ne naîtra pas

L'expérience de la vie en moi : création et multiplication des cellules dans mon ventre ; l'avenir se profile loin devant. Une nuée de papillons dans le corps.

L'expérience de la mort en moi : interruption de la croissance, arrêt des cellules dans mon ventre ; l'avenir s'annule brutalement. Un lit de fleurs fanées dans le corps.

En peu de temps, j'ai vécu l'expérience de la vie puis de la mort à l'intérieur de moi. Cette double expérience, je l'avais déjà vécue une fois, différemment. Elle m'a rappelé une période d'anorexie pendant mon adolescence, lors de laquelle la mort m'avait traversé le corps ; et les mots d'un médecin, consulté quelques années plus tard, ont résonné en moi d'une manière tout à fait troublante :

— Vous n'aviez pas vos règles, à ce moment-là ?

— Non, bien sûr. L'anémie. Arrêt des règles.

— Vous savez pourquoi vous ne les aviez plus ?

— J'étais trop faible, je pense. Pas assez de nourriture pour que toute la machine fonctionne. Comme du carburant. Le corps se concentre sur les organes vitaux, il économise là où c'est inutile. J'imagine.

— Non, c'est le cerveau qui bloque. Le cerveau, voyant qu'il n'y a aucune nourriture, arrête la reproduction. Il choisit de ne pas donner la vie à un nouvel être, dans une région où il n'y a rien à manger. Il stoppe les fonctions reproductrices, car il sait qu'un fœtus ne survivra pas ici.

C'était il y a une dizaine d'années maintenant, et j'avais tourné cette page personnelle. J'avais écrit un livre à ce propos – à propos de choisir la vie pour moi-même –, et la dernière phrase du livre était d'ailleurs : « La vie allait pouvoir recommencer[1]. » Je souris à présent, en notant cette prudence que j'ai eue à ne pas écrire « la vie pouvait recommencer », mais bien « allait pouvoir », ce qui suggérait un temps de latence, de réparation nécessaire, avant que la vie ne recommence pleinement. Il n'est pas étonnant que, quelques années plus tard, j'appelle mon livre *Une vie possible*, car justement la vie allait pouvoir, voulait pouvoir, la vie a failli pouvoir et elle voudrait tant pouvoir…

Par l'écriture, j'avais réparé la partie cassée en moi, j'avais serré dans mes bras la petite fille meurtrie et lui avais dit : vis ! Elle a vécu, elle a aimé et elle a ri. Comme un fleuve, la vie est revenue en moi, irriguant mes pieds, mes bras, mon cerveau, mes poumons, mon cœur... Ce pays asséché reprenait forme. J'ai cru que le fleuve avait tout irrigué. En réalité, une zone, sèche et apeurée, était restée à l'air nu, la zone du ventre précisément. Le fleuve avait nourri de son eau vive tous les endroits de mon corps, il avait désaltéré le présent, mais les dénivelés avaient écarté ses ruisseaux et, l'eau ne coulant plus assez fort, il s'était tari face au barrage situé sur le ventre. Cette zone était restée aride : s'il y avait assez d'eau pour le présent, il n'y en avait pas assez pour le futur.

Je revois ce visage de moi, adolescente, maigre à en crever. « Le cerveau choisit de ne pas donner la vie à un nouvel être. Une région où il n'y a rien à manger. » Je songe au livre d'Imre Kertész, *Kaddish pour l'enfant qui ne naîtra pas.* Serait-ce possible que ce pays, qui est moi, soit si aride ? Pourtant, j'ai une telle soif d'aimer et de donner à naître, d'aimer et de naître. Mais comme nous l'avions murmuré durant les jours précédant l'avortement : ce n'était pas le moment.

Le fait est que ma première expérience de la mort dans la vie entrait en écho avec cette seconde expérience de la mort dans la vie. Et il fallait que cela cesse, me disais-je, comme s'il s'agissait d'une malédiction, car je ne supporterais plus de vivre une nouvelle fois cette brutale mort dans la vie ; il fallait que la vie vienne entière, me disais-je, et cependant, n'y a-t-il pas toujours la mort dans la vie, la vie dans la mort ?

Le « non » dont parle Imre Kertész a pour moi la forme de ce visage émacié qui fut le mien. Ce visage émacié est un non qui résonne à l'intérieur de moi, comme une peur fulgurante de la vie, une peur restée logée là, dans mon cœur à moi, dont on dit que je suis courageuse, mais soudain aussi fragile. « C'est étonnant, remarquait mon éditeur, vous êtes à la fois très forte et très fragile. » Cet alliage me constituait tant, me paraissait si naturel, que je ne voyais pas en quoi il pouvait être étonnant. Il me semblait tout à fait banal, et je pensais même que tout le monde était ainsi : à la fois très fragile et très fort. Mais, lors d'un dîner au cours duquel je me trouvais assise à côté d'une inconnue, et suite à une conversation animée, j'entendis pour la deuxième fois ce commentaire sur ma personne. Cette femme, que je ne connaissais pas et qui ne me connaissait pas, dit : « C'est étrange, vous êtes à la fois très fragile et très forte. »

Quand je pense à cette fragilité, bien sûr, je pense à ce visage émacié qui en est l'allégorie.

Mais cette force et cette fragilité pourraient être les deux pôles qui me constituent, comme la vie et la mort sont deux pôles contraires : force vitale immense, création et rire d'un côté ; faiblesse totale, déstructuration et brisure de l'autre. Construction, destruction. Possibilité, impossibilité.

« Tu as le syndrome du survivant », me répétait un proche. Si la question de la survie intervient ici, c'est parce que je me demande si, ayant survécu, je peux vivre et donner la vie. Ou bien suis-je sans cesse bénie et maudite par ce préfixe « sur », comme un préfixe de la mort accolé à la vie ? Survie. Ayant survécu, suis-je assez vivante pour donner la vie à un nouvel être, sans penser qu'il devra survivre lui aussi, alors que je voudrais simplement qu'il vive ? Ai-je la crainte que ceux qui viendront de moi doivent eux aussi survivre, survivre, survivre, et ne jamais pouvoir se débarrasser de ce pénible préfixe ? Dans un carnet, j'avais noté cela : « Survivre. Vivre, c'est survivre. » À présent, comme j'aimerais avoir tort ! Vivre, c'est vivre.

Bien sûr, je n'ai pas connu la pire des expériences humaines, mais j'ai vu, à quinze ans, le visage de la mort, et depuis ce visage est un boulet à ma cheville, dont je me défais chaque jour. S'il s'évanouit peu à peu pour moi-même, il reste attaché à ma peur de ne pas savoir transmettre la joie de vivre à l'enfant à venir.

L'avortement a accusé cette crainte et a mis un coup de pied dedans. Parce qu'il signifiait l'impossibilité de faire naître, il déclenchait aussi, en réaction, le besoin féroce de vivre, d'aimer et de faire naître. Il déclenchait, en fait, le désir de dire non à cette crainte, non à ce visage émacié qui me retient de vivre.

Il m'a fallu apprendre à dire non, pour comprendre ensuite que ce non se plaçait précisément face à un autre non, et que savoir dire non, c'était aussi savoir dire non au non qui gisait là, de la même manière que + et + font - et que - et - font +, selon je ne sais plus quelle obscure règle d'arithmétique dont je me souvenais d'une manière littéraire. Apprendre à porter ma voix, à l'issue de cette mue, pour dire non, c'était surtout savoir dire non au non qui dormait à l'intérieur de moi, comme un non à la vie, comme ce petit visage émacié qui a tant souffert et qui ne veut plus jouer ; et disant enfin non à ce non, je disais oui à la vie, oui, selon cette obscure règle d'arithmétique, qui devenait soudain lumineuse, si lumineuse.

Dans les yeux de mes amies

D'une amie qui avait avorté deux fois, une autre avait dit : « C'est tellement irresponsable. » Cela m'avait écœurée. Ce jugement à la va-vite, sorti d'une boîte de conserve de la pensée elle-même conservatrice, qui sentait le renfermé, d'une femme à une autre qui plus est, m'était pénible à avaler. Je ne l'avalai pas. Eh bien, cela ne me gêne pas de dire que j'ai été enceinte deux fois et que je n'ai pas eu d'enfants. Et j'ai failli avoir honte. Non, je n'ai plus honte.

Un grand nombre de femmes sont devenues stériles, avant la loi Veil, parce qu'elles se faisaient avorter dans des conditions atroces. L'illégalité les plongeait dans le secret, le secret remettait l'avortement entre les mains de « faiseuses d'anges » plus ou moins douées. Le prix à payer rendait l'opération intéressante pour les charlatans, qui avortaient les autres dans l'unique but de se faire des sous, et les rendaient stériles, leur mettaient des sondes dans le ventre qui s'infectaient. L'avortement, désormais légal, est sécurisé. C'est une chance que nous avons en France, et que beaucoup de femmes n'ont pas dans d'autres pays du monde. Je pense au destin brisé de ces femmes. Je dis brisé non pas parce qu'elles n'ont pas eu d'enfant. Ce n'est pas un but en soi. Beaucoup de femmes n'en veulent pas et vivent très bien. Je dis brisé car conduites à mentir, à agir dans l'illégalité, à subir leur féminité, à s'en trouver amputées... Cela, oui, cela brise quelqu'un. Se taire dans le secret, taire la souffrance, taire le désir, courber l'échine, taire que l'on a mal parce qu'une sonde nous découpe les tripes, taire que l'on a rendez-vous avec une avorteuse, sans rien dire à l'homme qui a fait cet enfant avec nous, sans rien dire aux hommes, mais peut-être veulent-ils savoir, peut-être ne savent-ils pas à quel point ils ne savent pas...

Alors, parler d'irresponsabilité des femmes, des femmes encore et toujours... Non. Comme si c'était un plaisir d'avorter, comme si on faisait ça par-dessus la jambe, entre le fromage et le dessert, sans réfléchir, sans être complètement traversée dans notre corps même par une défaite. Comme si ce choix se faisait de manière irresponsable. Non, c'est toujours un choix responsable, puisque l'action qui en découle nous mutile, c'est une action sur notre corps même. Comment une femme pourrait-elle faire ça à la va-vite, de manière irresponsable ? Mon amie était passée sur le billard, sous anesthésie générale, elle avait subi un curetage… Quant à moi… plusieurs mois furent nécessaires avant que je ne retrouve mon corps. Il restait saignant, gonflé, boursouflé, désagréable, étranger, en éruption et incontrôlable comme un petit volcan trop plein de sa lave. Parler « d'avortement de confort » n'a aucun sens : nous n'avions jamais été dans un tel inconfort.

« Aucune femme ne recourt de gaieté de cœur à l'avortement. Il suffit d'écouter les femmes. C'est toujours un drame et cela restera toujours un drame (…) Combien sont-ils ceux qui, au-delà de ce qu'ils jugent comme une faute, ont su manifester aux jeunes mères célibataires la compréhension et l'appui moral dont elles avaient besoin[1] ? »

La loi est passée, l'acte autorisé, le jugement demeure. Ce jugement est théorique, pensé dans l'absolu, il n'a pas regardé une seule fois les femmes et les enfants dans les yeux. Dans les yeux de mes amies, j'ai vu le silence, l'intensité d'un acte que la bouche ne peut pas dire, et que les yeux racontent. Chacune a sa propre histoire, son propre ressenti. Il n'y a aucun sentiment obligatoire. Dans les yeux de mes amies, j'ai vu le déchirement et le désir, l'émerveillement et le regret, la tristesse et l'envie… L'émerveillement de s'être découverte femme, d'avoir entrevu ce dont le corps est capable. Le regret, non pas d'avoir fait cet acte, mais que cela ait dû avoir lieu : si cela avait pu se passer autrement… L'envie, parfois, de se construire davantage, avant d'accueillir l'être dont elles rêvent bien. L'envie, parfois, d'embrasser un autre destin, férocement. J'ai vu le poids aussi, celui d'un choix, celui d'une mutilation volontaire, j'ai vu l'iris assombri d'une responsabilité, la pupille noircie d'une sagesse. En revanche, je n'ai jamais vu l'irresponsabilité, ni l'indifférence. Jamais.

Le cimetière des âmes

Il y a peu de temps, mon grand-père maternel, désormais veuf, s'est remarié. Il a rencontré une femme de son âge, quatre-vingts ans, à travers leurs blogs respectifs de contestation politique. Ma grand-mère en tenait un avant sa mort, et elle a transmis cette passion à son mari, lequel a repris le flambeau. Connu pour ses articles et ses prises de position, il était suivi par un grand nombre de personnes. Parmi elles, cette femme. Elle-même était très engagée. Ancienne actrice célèbre au Vietnam, elle jouait et chantait pour les soldats sur les champs de bataille pendant la guerre. En vieillissant, elle avait abandonné le cinéma pour s'engager en politique.

Entrés en relation par Internet, mon grand-père et elle ont échangé leurs opinions. Tombés d'accord, ils ont planifié une rencontre réelle, lors de laquelle ils sont immédiatement tombés amoureux. L'amour n'a point d'âge, dirait Blaise Pascal. Ces deux octogénaires ont des visages d'enfants et les yeux qui pétillent, quand ils sont l'un à côté de l'autre. Animés par la même curiosité, ils se sont mis à écrire leur blog à quatre mains et à tourner de nombreux documentaires sur des sujets rarement abordés.

L'un de leurs documentaires porte sur un cimetière pour embryons, créé dans le sud du Vietnam. Ils l'ont tourné, par le plus grand des hasards, l'année même de ma fausse couche, année où je découvrais cet horizon nouveau et cette dimension jusqu'alors inconnue de moi : celle de la vie à venir, celle de la vie amputée, celle de l'insoutenable aléatoire de l'être.

Le documentaire se passe à Nha Trang, ville côtière du sud du Vietnam. La voix âgée de l'actrice commente les images : elle dit, en substance, que Nha Trang est une ville connue pour son tourisme, ses plages, une jolie ville composée aussi de jolies histoires. Alors, la caméra plonge sur une vaste étendue de terre, recouverte de minuscules tombes, certaines en relief comme de vrais petits tombeaux, d'autres plates et carrées comme des dalles. Il y en a vingt mille. Trop courtes, trop étroites pour accueillir le corps d'un homme ou même d'un enfant, on dirait des fausses tombes, des jouets. Elles sont colorées en bleu, rose, vert, jaune…

Mon grand-père marche dans les allées, un homme à ses côtés. Il se tourne vers lui et l'interroge. Qui est cet homme ? Tong Phuoc Phuc, c'est son nom. Il a créé cet endroit, ce cimetière des âmes dans lequel reposent plus de vingt mille enfants qui ne sont pas nés, vingt mille fœtus et embryons. L'idée semble sinistre, pourtant Phuc est habité par sa mission, fier et responsable. Il raconte : c'était en 2001, sa femme allait accoucher de leur premier enfant. Il l'emmena à l'hôpital, où elle resta en travail durant deux jours et deux nuits entières. Les médecins craignaient pour sa vie et pour celle de l'enfant. Phuc prit conscience de la difficulté de notre venue au monde, de son aspect si fragile. Au bout de la deuxième nuit, en désespoir de cause, il se rendit à l'église où il pria Dieu longtemps. À quatre heures du matin, les cloches sonnèrent et l'enfant naquit. Parfois, on préfère croire que les hasards sont des réponses de l'Éternel. Il remercia le Seigneur et sentit qu'il lui était redevable. En sortant de l'hôpital, ses yeux tombèrent, dans un couloir, sur des fœtus morts, abandonnés. Que fait-on des fœtus morts ? On les jette à la poubelle puis on les brûle. Cette vision le bouleversa. Il décida de trouver un terrain où il pourrait les enterrer.

Après avoir acheté une parcelle de terre à Nha Trang, il demanda aux médecins s'il pouvait récupérer ces fœtus qu'ils allaient jeter et brûler, afin de leur offrir un rite d'adieu et une tombe. Il lui semblait que c'était un adieu plus convenable. Les cloches de l'église avaient sonné, il avait croisé cette ignominie de la vie à venir déjà morte, vie jetée, brûlée, vie jamais considérée… Au début, les médecins furent réticents. Il était interdit de sortir des « extractions » de l'hôpital, elles auraient pu être infestées de maladies, ce n'était pas correct, ni convenu… Toutes les « ordures » étaient habituellement brûlées. Mais Phuc insistait, il mettait en place son cimetière des âmes, et certains médecins finirent par constater qu'il était de bonne foi et que sa mission était réelle, dépourvue de tout aspect macabre.

L'aventure commença, les petites tombes s'accumulèrent. Rites, adieux, décorations : Phuc s'investissait afin de dire au revoir correctement à ces bouts de vie déjà morts. Cependant, plus il enterrait les fœtus, plus il se disait que son intervention était trop tardive. Il décida alors de s'occuper de femmes enceintes, sans mari ou désireuses d'avorter. Il se proposait de les emmener chez lui, d'en prendre soin, de s'occuper des mères puis des nourrissons à leur naissance. Depuis 2004, il a accueilli ainsi plus de trois cents mamans qui voulaient avorter et ont finalement gardé le bébé et accouché directement chez lui.

Parfois, le père, qui ne voulait pas reconnaître l'enfant au début, venait chercher mère et bébé après la naissance. Phuc raconte, ému, qu'il y eut même des mariages après que le père fut venu chercher sa compagne et son enfant. Plus de vingt couples se recomposèrent ainsi, vingt femmes sur les trois cents purent repartir fonder une famille, alors qu'elles étaient venues avec l'idée de tout laisser tomber. Une centaine de femmes, sur les trois cents, laissèrent l'enfant à Phuc et partirent.

Dans un journal local, il a l'habitude de mettre une annonce à la date d'anniversaire de chacun des orphelins dont il s'occupe. À travers ce journal, certaines mères revinrent, à l'occasion de l'anniversaire de leur enfant. Sur les cent femmes, cinquante récupérèrent leur bébé, un peu plus tard.

Il dut confier trente enfants à l'Église, ne pouvant s'occuper des cinquante à la fois. Il en restait vingt chez lui, dont il s'occupait avec sa femme. Dix d'entre eux furent adoptés et partirent aux États-Unis avec les services d'adoption. Les dix autres grandissaient encore avec lui.

Ce terrain, Phuc l'avait acheté lui-même avec ses économies. Il avait ensuite été aidé financièrement par des bénévoles. Certains apportaient de la nourriture, d'autres des vêtements pour enfants. La police et la mairie l'avaient amplement interrogé : d'où venait l'argent ? Que fabriquait-il avec tous ces enfants ? Pourquoi enterrer des fœtus ? Pourquoi ces femmes s'en remettaient-elles à lui ?

La première fois qu'il accueillit une jeune femme en détresse, son épouse n'était pas au courant. Le voisinage l'appela : ton mari reçoit une jeune femme enceinte ! L'épouse avait déboulé, folle de rage. Du haut de ses trente-trois ans, elle découvrait une gamine de dix-neuf ans, enceinte, dans les bras de son mari. Prête à faire scandale, elle fut vite avertie de la mission qu'il comptait mener. La jeune fille s'expliqua avec elle, et tous trois rirent de bon cœur, avant de s'engager à trouver une solution pour le bébé à venir et la jeune mère désemparée.

Six ans après l'ouverture du centre, le préfet de la commune rendit visite à Phuc, un matin. Il lui apporta une lettre du président de la République qui le félicitait, grâce à laquelle il reçut une autorisation écrite pour que son lieu devienne officiellement un Centre de protection sociale. Cela lui permit d'avoir des papiers pour les nouveau-nés et des actes de naissance légaux. À tous les enfants, il donnait son nom de famille. Il ne déclarait pas de nom du père. Si la mère reconnaissait l'enfant, il y avait le nom de la mère, mais si elle le désirait, elle pouvait rester dans l'anonymat. Les enfants s'appelaient donc tous Tong Phuoc. Si c'était un garçon, il le nommait Tong Phuoc Vinh, et si c'était une fille, Tong Phuoc Tam. Il y avait ainsi une centaine de Tong Phuoc Vinh et de Tong Phuoc Tam. Il ajoutait, en plus, dans le prénom, le lieu d'origine : si la mère venait de la région de Lam, l'enfant s'appelait Tong Phuoc Lam Vinh. Si la mère venait de la commune de Khanh, il appelait l'enfant Tong Phuoc Khanh Tam.

Sa femme s'occupait avec lui de tous ces enfants. Ceux-ci les appelaient papa et maman. À travers les réseaux sociaux, les enfants partis en Amérique prenaient des nouvelles régulières de ceux qu'ils surnommaient père et mère. Les enfants restés au Vietnam, à Nha Trang, se rendaient à l'école ou au collège du village.

Sur son terrain, Phuc a construit deux temples, l'un catholique, l'autre bouddhique, afin que les familles qui viennent se recueillir sur la tombe de leur enfant disparu puissent prier selon leur religion. Il tient à ce que les deux religions soient représentées, bien qu'il soit lui-même catholique. Phuc invite parfois un prêtre et organise des cérémonies, des rites, brûle de l'encens pour ses embryons disparus. Il pense que les âmes des fœtus enterrés veillent sur lui, tout comme il a veillé sur elles. Le choix d'installer ces deux temples découle de l'envie d'instaurer un rituel, une aura spirituelle, afin que le recueillement soit plus cérémonieux. Il veut recréer un véritable cimetière des âmes, où ces dernières sont susceptibles de trouver la paix, et où les vivants peuvent communier avec les morts dans le silence, le recueillement et la beauté d'un rite funéraire, d'une prière…

Plus loin, il élève également des poules, des coqs et des porcs. Cette petite ferme lui permet de nourrir les enfants.

Dans la dernière séquence du documentaire, mon grand-père et son épouse entrent dans le champ avec la femme de Phuc. Ils sont entourés de plusieurs petits Tong Phuoc. La femme tient un bébé de dix mois dans ses bras, mon grand-père fait sauter un bambin d'un an sur ses genoux. La femme de Phuc explique l'incompréhension des gens au début, face à une telle entreprise. Certains ont pu penser que le couple faisait cela par profit. En ce moment, dit-elle, sept femmes enceintes sont hébergées ici, en attente d'accoucher. Les quinze enfants qui vivent là ont de quelques mois à quatorze ans et s'entendent comme des frères et sœurs. Une fillette de deux ans, sans cheveux, adorable et malicieuse, se roule sur les genoux de l'épouse de mon grand-père – ma belle-grand-mère, qui est véritablement belle. Quelques adolescents de douze à quatorze ans apparaissent à l'écran, langue tirée, grimaces amusées.

Le documentaire s'achève sur un plan montrant les multiples petites tombes, sur lesquelles, à chaque fois, un nom occidental est gravé : Clara, Lucia, Anton, Giuse, Rosalina... De toutes petites tombes noires, avec de tout petits noms blancs, pour de tout petits êtres qui n'ont jamais été... Clara, Lucia, Anton, Giuse, Rosalina... Les prénoms sont occidentaux quand les parents sont catholiques, ils choisissent alors des noms de saints. En voix off, j'entends la lettre du président de la République, adressée à Tong Phuoc Phuc et datée de 2006 :

« Je suis très ému de savoir que, dans ce contexte économique très difficile et avec votre seul revenu de maçon, vous avez sauvé, depuis 2004, vingt-quatre nourrissons et leurs mères. Vous vous êtes occupé d'eux. J'accuse les lâches qui n'ont pas assumé leur responsabilité parentale, et je vous félicite car vous avez oublié vos propres soucis pour soulager les autres et devenir un appui auprès des malheureux. Vous êtes un exemple de bonté. J'espère qu'il y aura, après vous, d'autres exemples à votre instar, afin que la vie devienne moins pénible et plus solidaire. J'appelle les autorités locales à défendre et appuyer votre projet. J'appelle nos concitoyens à vous aider à poursuivre votre œuvre. »

Ça s'est passé comme ça

— Tu as changé, tu sais ! J'aime bien l'air que tu as maintenant.

— Oui, c'est comme une sculpture. À force de taper sur le marbre, ça crée une forme.

— Faut pas prendre un mauvais coup, quoi.

— C'est sûr.

Je me suis représenté un Michel-Ange avec le nez de travers.

Ça s'est passé comme ça. Un bulldozer dans la tronche, roulée dessus par un camion, les roues de l'engin sur mes os, crac, un accident comme il n'en arrive qu'aux autres, jusqu'à ce qu'il nous arrive. Après ça, j'ai changé de visage, et le monde lui aussi a changé de visage. Il a fallu se rencontrer de nouveau. Plus rien ne serait jamais pareil entre lui et moi. Bonjour madame, bonjour monsieur. Le monde s'est fissuré après ça, une fissure en a entraîné une autre, puis une autre, elles se sont toutes rejointes et le globe craquelé s'est fendu en deux, complètement, laissant place à un nouvel univers. Pour mon visage, c'est la même chose : une ride, puis une autre, puis une autre, jusqu'à ce qu'il cède, d'un coup ; l'innocence s'est déchirée pour laisser place à la femme d'aujourd'hui, femme faite de toutes les fissures mais femme nouvelle aussi.

Un lieu à soi

Dans une rue étroite et pavée, il y avait un petit appartement, au quatrième étage. L'immeuble était ancien, sans ascenseur, avec des escaliers en bois qui grimpaient jusqu'en haut. « J'ai besoin d'être seule », ai-je expliqué à mon mari, et il ne m'a pas posé de questions, il a compris. Pourquoi être seule ? Afin de faire le point, peut-être, d'écrire, de faire tomber cette peau morte. Être seule comme un chat qui lèche ses blessures. Ou bien était-ce autre chose : j'ai besoin de partir de notre appartement, à cause de cette chambre destinée aux enfants jamais nés, avec ce néon rose, *Life is beautiful*, à cause des autres chambres d'enfants, celles de ceux qui sont nés, mais pas de moi, à cause des rêves, à cause des déceptions...

Le changement était grand : je passais d'un appartement meublé, avec trois chambres d'enfants et l'agitation d'une famille nombreuse, à la solitude d'un deux-pièces vide, sans table, sans canapé, sans rien que des murs blancs et un bureau au centre. Échec ? Je ne sais pas. Silence, en tout cas.

Les journées d'après l'événement étaient vides. Je veux dire par là que mes émotions étaient vides. Plus rien ne me traversait et je traversais moi-même les jours, aussi blanche et dénudée que cet appartement. J'avais entendu dire des gens en deuil qu'on les reconnaissait à la manière dont ils déambulaient, absolument dépourvus de carapace, de protection. Ils marchaient, leur visage et leur corps en sacrifice au monde, offerts comme sur un autel, en prise avec la matière même de vivre, avec le mystère des disparitions et celui des naissances. Ils étaient là, sans habit, absolument humains. Il faut croire que j'étais en deuil. Je traînais cette grande vulnérabilité et cette immense solitude – celle de ceux qui n'ont plus rien à perdre car ils ont perdu l'essentiel.

Cependant, je me coiffais, je m'habillais, même sans avoir nulle part où aller. Je mettais des vestes dont j'époussetais les poils de chats restés collés dessus, afin qu'elles soient parfaitement propres, il ne fallait pas qu'il y ait une poussière, un pli. J'ornais mes doigts de bagues, mes oreilles de boucles. Je m'organisais, avec quelques articles à écrire pour des journaux à Paris et à Londres, quelques conférences dans des lycées… Je planifiais mes prochains livres avec ma maison d'édition, je gérais l'administratif : impôts, relevés de compte, assurances... Je faisais tout cela dans un automatisme absolu, comme un fantôme. Mais il fallait que tout soit en ordre, que rien ne puisse me faire de reproche. Il fallait être impeccable. Ainsi, ils seraient fiers de moi, ces enfants jamais nés de moi. Ils ne se diraient pas : quelle nulle, elle est à l'ouest ! Ils penseraient peut-être : je voudrais bien d'elle comme mère, ce serait possible que ce soit ma mère, elle serait capable d'être ma mère... Ils seraient fiers de moi.

Écrire au féminin

— On dit auteure ou autrice ?

— À l'oral, auteur·e ce n'est pas pratique…

— Mais vous préférez écrivain ou écrivaine ?

Je me suis mise à écrire, après l'événement. Je ne pouvais pas en parler, alors j'ai écrit afin de comprendre, afin de dire… Dans le silence et la solitude de cette chambre à moi, les émotions fortes se transformaient peu à peu. La violence, comprise, devenait une sagesse.

Je suis une femme, dans une pièce, seule, sans enfants, une femme qui écrit. Un siècle plus tôt, j'aurais été une originale.

« Depuis un siècle, chaque génération a dépassé la précédente et ce n'est qu'aujourd'hui que l'on voit des femmes qui écrivent comme femmes avec des sentiments et des expériences féminines. Elles feront cela de plus en plus [1]. » Ce sont les mots que Stuart Mill, ardent défenseur et même précurseur du féminisme, a écrits à Auguste Comte, cent vingt ans plus tôt. Les années filent, les mœurs changent, les choses évoluent. Oui, c'est vrai, j'écris, nous écrivons, en tant que femmes, avec des sentiments et des expériences féminines.

À travers ces expériences interrompues de la maternité, je me découvre non seulement femme, mais aussi inexactement, imprécisément femme. Une vie possible se dessine de manière imprécise devant moi – celle de la femme que je ne suis pas encore, que je vais peut-être devenir. Les événements nous poussent à l'intérieur de nous-mêmes, dans des retranchements désagréables, et nous demandent d'être précisément nous. C'est dans l'action, seulement, que nous le devenons. Ex-ister, c'est sortir de soi. Faire un choix, prendre position, activer une possibilité, la faire sienne... La personnalité se forge ainsi, on avance pas à pas dans la matière informe du monde. La passivité ronge l'âme. L'action la modèle et la muscle.

À la suite de l'avortement, je me suis dit : sans doute ai-je refusé cette vie au monde car je n'avais pas encore trouvé la manière de vivre la mienne. Et, comme si l'abandon d'un rêve menait à en embrasser un autre, comme si, l'un étant irréalisable, l'autre devait être absolument réalisé, je me suis replongée dans l'écriture.

Qu'est-ce que cela veut dire, en 2021, écrire au féminin ? Être une femme et écrire ? Et quel rapport cela a-t-il avec la maternité ? Y en a-t-il un ?

Un proche s'inquiétait du fait qu'une jeune mère célibataire, sans beaucoup de revenus, ne pourrait pas assumer la tâche d'être mère – emmener l'enfant à l'école, chez le médecin, au parc, à ses activités extrascolaires, lui préparer à manger, l'habiller, le doucher – et s'adonner en même temps à un métier alimentaire, sans compter l'écriture en plus. L'écriture plus que tout, puisque celle-ci demande silence, concentration, abstraction de tout le reste. Celle-ci exige du temps – temps d'écriture, temps de relecture, temps de rature, temps de créativité, temps d'inspiration... Comment concilier les trois : maternité, travail alimentaire, créativité ?

Virginia Woolf évoquait, dans son célèbre essai *Un lieu à soi*, la figure de la sœur de Shakespeare. L'écrivaine soulignait le fait qu'une femme issue de la même famille que le célèbre dramaturge, à la même époque, n'aurait jamais pu écrire une telle œuvre. Refusée à l'entrée des théâtres, subissant l'injonction d'être épouse et mère, refusée dans les grands collèges et lycées, elle n'aurait eu d'autre choix que d'étouffer sa créativité, de tuer son talent dans l'œuf. Sans argent et sans un lieu à elle, une femme ne peut pas réussir à écrire et déployer son talent d'artiste.

Woolf estime que l'âme de cette poétesse vit encore, et que les femmes présentes à sa conférence, ainsi que celles qui n'ont pas pu venir car elles sont en train de faire la vaisselle et de mettre les enfants au lit, ont désormais le pouvoir de la faire revivre. C'est à elles de reprendre le flambeau et de défendre ce rêve. Gagnez votre propre argent, ayez votre lieu à vous, voilà ce qu'elle leur dit.

Un lieu à soi, c'est ce que j'ai pris, après l'avortement. C'est ce à quoi je pensais déjà durant ma grossesse. Est-ce un hasard ? Je ne crois pas qu'une vie de famille soit incompatible avec l'écriture, au contraire, dans de bonnes conditions, elle est propice à l'éclosion des idées, à l'énergie, au désir d'avenir et à l'élargissement de la vie, matière de l'écrit. En revanche, si les conditions ne sont pas réunies, la maternité signifie arrêt de l'équilibre, arrêt de l'écriture, arrêt d'un certain avenir, car un autre avenir s'y superpose et l'en empêche.

Dans la solitude de mon lieu à moi, j'écris simplement, loin de toute injonction. Je rassemble mon identité multiple en une, celle qui me paraît la plus essentielle pour moi aujourd'hui : écrivaine. J'essaie de conjuguer cette histoire lointaine de la femme écrivain avec celle de la femme, de l'épouse, de la mère… Mon ignorance de tout cède à la découverte de tout… Tout, c'est la féminité, dans le travail, dans la création, dans la famille…

La mère de ma mère

« Ce livre est dédié au Dr John Sharpe de Londres, qui, en 1957, une décennie avant que les médecins anglais soient autorisés à pratiquer une interruption de grossesse pour un autre motif que la santé de la femme, a pris le risque considérable d'admettre pour un avortement une Américaine de vingt-deux ans en route pour l'Inde. Sachant seulement qu'elle avait rompu ses fiançailles dans son pays pour s'élancer vers un destin inconnu, il lui dit : "Vous devez me promettre deux choses. La première, c'est de ne dire mon nom à personne. La deuxième, c'est de faire ce que vous voudrez de votre vie." Cher Dr Sharpe, je crois que vous, qui saviez que la loi était injuste, ne m'en voudrez pas de dire ceci, si longtemps après votre mort : j'ai fait de mon mieux avec ma vie. Ce livre est pour vous [1]. »

Ce sont les derniers mots du livre autobiographique de Gloria Steinem, *Ma vie sur la route.* Enceinte de Gloria, sa mère, qui rêvait de devenir journaliste à New York, avait sacrifié sa carrière pour s'occuper de ses enfants. Devenue dépressive par la suite, elle avait ruminé ce rêve avorté. Je ne peux m'empêcher de penser aux mots de ma propre mère, qui me confiait combien elle avait été embêtée de se retrouver enceinte une seconde fois, quelques mois après la naissance de mon frère. Cela n'avait rien à voir avec son amour pour moi ; simplement, elle avait à peine vingt-cinq ans et voulait apprendre le français, langue de mon père, trouver un métier, et était déjà occupée par son premier enfant. Cette seconde grossesse, qu'elle s'appliqua à vivre avec joie, venait comme un empêchement dans ses désirs de femme. Comment ne pas la comprendre, comment lui en vouloir ? La grossesse est un temps d'arrêt, une merveilleuse aventure, mais aussi un renoncement à d'autres aventures. Enfants, nous oublions que nos parents ne sont pas uniquement parents. Ils sont aussi professeurs, agriculteurs, infirmiers, médecins, physiciens, philosophes, rêveurs, danseurs, voyageurs, enfants, passionnés, endommagés, heurtés, créatifs, chanteurs, musiciens, peintres, mécaniciens, bricoleurs, cuisiniers... Autant de vies possibles les entourent et s'ouvrent à eux. Comment concilier ces plusieurs vies possibles ? À la fin d'une vie, on entend souvent ces mots : j'aurais pu devenir ceci, j'aurais pu faire cela… La vie possible de l'enfant et la vie possible du parent se regardent en miroir. Parfois, les possibles s'épousent, se transcendent même. D'autres fois, un possible s'efface afin que l'autre prenne la place. Le mystère de nos vies reste entier : seule leur durée les contraint.

Depuis les grossesses, je voyais ma mère d'un œil différent. Ce n'était plus seulement ma mère, c'était d'abord une femme, devenue mère. Elle ne m'appartenait plus. Ce pronom possessif n'avait pas de sens. Elle s'appartenait à elle-même – mais, du seul fait de mon existence, j'avais modifié une partie de son identité. Elle ne pouvait pas échapper à ça, ni moi non plus. Nous étions tenues par un lien aussi invisible, aussi automatique qu'une loi de grammaire ou de conjugaison. Parce que j'étais née, elle était mère et j'étais fille. Cela s'accorde, et c'est comme ça, il n'y a pas d'alternative. Elle ne pouvait pas refuser de l'être, ni moi non plus. Au-delà d'une volonté, au-delà d'un sentiment, c'est un fait.

Revenue d'un déplacement dans une ville où avait eu lieu un délit qu'elle couvrait en tant qu'interprète assermentée au tribunal, elle enfilait son tablier par-dessus ses vêtements de travail. Elle n'avait même pas eu le temps de se changer, depuis la gare, tout juste celui de se rafraîchir et de se laver les mains. Je la regardais faire la cuisine, couper l'ail, l'oignon, faire revenir dans l'huile... Elle utilisait son couteau préféré, un outil ramené du Vietnam, dont la lame coupait si bien qu'elle l'emportait en voyage, quand elle devait cuisiner à l'étranger, refusant d'en utiliser aucun autre. Un jour, elle faillit l'oublier : « Oh, mon couteau chéri ! » s'exclama-t-elle. Cela m'avait fait rire, mais je me rendis compte qu'elle avait fait la cuisine tous les midis et tous les soirs de notre vie, au point que ce couteau était devenu un objet chéri. Cela faisait partie de son travail d'épouse et de mère, et elle y avait mis du cœur. Moi, je n'avais pas de couteau chéri, je ne savais pas cuisiner.

Elle s'occupait de la lessive, du repassage, même en vacances, dans les maisons que nous louions pour l'été. Quand il n'y avait pas d'étendoir, elle prenait deux balais qu'elle faisait tenir en parallèle sur les deux bords du balcon. Elle trouvait des techniques ingénieuses pour satisfaire toutes ces tâches ménagères. Nourrir ses enfants, laver leur linge, nettoyer la maison, elle faisait tout cela. Et bêtement, je me disais : ça, c'est de la littérature, mettre deux balais en équilibre sur les deux bouts du balcon, ça, c'est poétique.

Le 14 août était le jour de la mort de ma grand-mère. Ma mère ne dit rien. Solide comme elle est, elle laissa à peine transparaître une grimace de douleur sur son visage. Il fallait la connaître pour déceler que cette grimace très légère était l'expression d'une profonde souffrance. Je la connaissais bien désormais. Nous n'étions plus étrangères. La passation de la bouillotte était symbolique du fait que nos maternités étaient entrées en écho. Mes échecs de grossesse avaient comme réparé l'échec de sa barrière défensive. Je n'étais pas devenue mère, mais j'étais redevenue fille.

Le 14 août, je pensais à la mère de ma mère, au fait précisément que ma mère avait perdu la sienne. Un jour, je serai une mère pour ma fille, elle me verra agir, puis je perdrai ma mère, puis elle perdra la sienne… Je deviendrai mère, elle deviendra mère aussi. Ma mère deviendra grand-mère. Je pensais à cette déclinaison quasi grammaticale des corps, tandis qu'elle préparait un mélange de curcuma et de citron, un fortifiant, immunisant, bon pour désinfecter et cicatriser. Elle connait ce que l'on appelle les recettes de grand-mère. Moi, j'écris, je poétise, j'observe le monde. Peut-être que ma fille dira cela : elle ne savait pas bien faire la cuisine, elle n'était pas bonne en lessive, mais elle écrivait.

Aurai-je une fille, moi, la poétesse dans son lieu à elle, qui ne sait faire ni la cuisine ni la lessive ? Que vais-je donc pouvoir faire ? Oh, la mauvaise mère, la mauvaise épouse... Tu ne renvoies pas une bonne image de toi-même, murmure la petite voix, l'Ange du foyer, comme l'appelle Virginia Woolf. Pour écrire, il faut tuer l'Ange du foyer... C'est elle, la louve, qui l'a dit. Pour être artiste, il faut être libre. Par conséquent, les femmes artistes ont une tâche supplémentaire à exécuter : tuer cette voix qui censure la gent féminine afin de préserver son image.

Prêtresse du bonheur

Dévoilant au grand jour mes échecs les plus intimes, vais-je troubler un reflet que l'on veut habituellement parfaire ? Vais-je détruire cette image de la perfection et du bonheur que l'on s'attache tant à épouser ? Benoîte Groult écrit avec une ironie salvatrice : « Quel soulagement d'apprendre qu'il n'était plus nécessaire d'être idiote pour être heureuse et pour rendre un homme heureux ; que l'intelligence était une qualité, même en amour ; que l'épanouissement personnel n'était pas un obstacle, au contraire, à l'épanouissement sexuel. Cette vérité toute neuve et pourtant vieille comme le monde, c'était enfin la lumière au bout du tunnel, qui marquait peut-être l'aube de la dernière étape dans la longue marche des femmes américaines pour conquérir, avec le plus entêté des optimismes, l'optimisme américain, cet autre produit typiquement américain : le bonheur garanti sur facture[1]. »

Cinquante ans plus tard, cette *pursuit of happiness* n'a fait que s'accroître. Les réseaux sociaux, importés des États-Unis, que nous utilisons tous sans modération, déversent chaque jour un tas d'images faites pour véhiculer cet optimisme et ce bonheur garanti sur facture.

Le bonheur a toujours été une idée neuve. Il était déjà une idée neuve lors de la Révolution française, selon Saint-Just. « Je suis décidée à être heureuse sans avoir besoin de ce poison quotidien, récemment inventé, qu'on nomme bonheur[2] », disait encore Coco Chanel. Il faut croire que le bonheur n'est pas une invention fiable, puisqu'à chaque tournant, il revient comme une idée neuve. L'idée du bonheur sent le plastique, l'emballage. Elle sent l'odeur des couvertures de livres scolaires, l'odeur coincée entre les pages brillantes, l'odeur d'un magasin qui vient d'ouvrir, l'odeur de la peinture fraîche. Ce bonheur-là s'achète, nous dit-on. Et nous voulons absolument l'acheter. Nous l'achetons à tel point que, lorsqu'un malheur survient, c'est à n'y rien comprendre. Ce n'était pas inclus dans le prix. Nous voulons faire l'économie du malheur. Nous n'avons pas payé pour ça, nous voulons du bonheur à l'état brut.

Derrière, il y a cette image si diffusée de la femme accomplie, bien coiffée, les ongles faits, impeccablement vêtue, parfaite épouse et parfaite mère, source de bonheur pour son mari et ses enfants, stéréotype à l'ancienne de la ménagère exemplaire, mais entrepreneuse aussi, femme d'affaires, directrice, qui excelle au travail. « L'idéal de la femme blanche, séduisante mais pas pute, bien mariée mais pas effacée, travaillant mais sans trop réussir, pour ne pas écraser son homme, mince mais pas névrosée par la nourriture, restant indéfiniment jeune sans se faire défigurer par les chirurgiens de l'esthétique, maman épanouie mais pas accaparée par les couches et les devoirs d'école...[3] » Elle se tient debout, sur le fil de ce savant équilibre.

Recevoir, soigner son intérieur, prendre soin de ses cheveux, de sa peau, s'habiller à la pointe de la mode, comme l'indiquent les rubriques des magazines féminins (cuisine, beauté, mode, maison, et un peu de culture pour la conversation), voilà l'ancestral talent de la maîtresse de maison idéale, qui est aussi une mère attentionnée. Sorties d'école, préparation du petit déjeuner, goûters, fêtes d'anniversaire, exposition sur Facebook et Instagram de mots d'amour écrits par les enfants, maman je t'aime, maman t'es la meilleure... En plus, cette mère idéale doit être affirmée dans son travail, sans être un édredon à la maison : *working girl* le jour, sujet en action, *sex symbol* la nuit, objet de désir... La travailleuse brillante reste une épouse désirable. Elle ne connaît pas le mot « fatigue ». D'ailleurs, elle est sportive : quelques abdominaux le matin, du gainage tout en lisant un livre... Ajoutons à cela quelques nouveaux impératifs : ne pas fumer, peu boire, suivre un régime sain, légumes et fruits, avoir une « routine beauté », dormir neuf heures... Et tout cela conduirait à l'épanouissement de la femme moderne ! Tout cela serait un art de vivre. Tout cela conduirait au Bonheur. Enfin, surtout : tout cela s'achète et se paie cher.

Cette notion de bonheur me paraît reliée à l'argent et à la femme. Michelle Perrot éclaire ce propos : « Au XIXe siècle, on veut organiser la société différemment, en séparant le public et le privé, des "sphères" qui seront le quasi-équivalent des sexes. Le public, avec le politique, devient l'apanage des hommes. Sous leur tutelle, le privé est confié aux femmes, avec l'idée que c'est le lieu du bonheur... Les femmes n'ont pas à se plaindre, elles sont les prêtresses du bonheur. (...) Après tout, pensaient certaines, ce n'était pas si mal... Cet assentiment a fait que le féminisme a d'abord été une action isolée avant de devenir un mouvement collectif. La théorie du public et du privé était fondée sur le consentement des hommes, mais aussi des femmes[4]. »

Ce consentement est toujours actuel, et ce bonheur monétisé activement promu par nos prêtresses modernes, que nous croisons sur nos écrans, toujours plus séduisantes, plus mariées, plus travailleuses, plus minces, plus jeunes, plus épanouies... Les photographies exhibent les rejetons joufflus et bienheureux, la maison superbement décorée, la réussite au travail, la beauté d'une femme sur laquelle le temps n'a aucune prise. Et les commentaires d'affluer: bravo, c'est magnifique! Et d'encourager cette course vers la Perfection, le Bonheur et l'Argent, en faisant l'économie totale du reste. Le reste, qu'est-ce que c'est? La matière mouvante de la vie – c'est-à-dire la vie.

Tant d'exigences, exhibées par des médias qui glorifient cette femme parfaite et le Bonheur immaculé, ne mènent-elles pas à la frustration? Oser dire les mots *échec*, *difficulté*, *drame*, est un blasphème. Mais comment apprend-on à vivre, sinon? De quoi se relève-t-on sans malheur, et quel goût ont ce sacro-saint Bonheur et cette déesse de la Perfection si les erreurs, les malentendus, les ombres au tableau n'existent pas? Puis, tous ces superlatifs m'énervent. Il faudrait être « la meilleure », « le meilleur ». Meilleur quoi? Meilleur du monde? Je ne suis pas la meilleure, je suis une parmi d'autres – comme tous les autres. Ces incitations à être *the best, the most*, m'étouffent.

Puis-je devenir prêtresse du bonheur, moi qui ne suis qu'un être humain ? Voici une femme qui écrit et traverse les jours en se les prenant dans la figure, les uns après les autres, comme un métro traverse différentes stations, inconnues de lui, où les panneaux affichent : joie, émerveillement, tristesse, amour, paix, détresse, incompréhension, félicité, difficultés, chance, aubaine, assombrissement, éclaircie... Un film est comme un train qui file dans la nuit, disait Truffaut. Souvent, j'ai l'impression que ce train, c'est moi. Ni prêtresse ni idéale, mais un train qui file dans la vie.

Alors, vais-je me défaire l'image de la mère épanouie, de l'épouse idéale, de la jeune femme équilibrée, respectable, en dévoilant mon histoire interrompue de la maternité ? Certainement, mais c'est ce parcours difficile, cette lutte pour vivre qui rend humain. Or, je suis plus à l'aise avec l'humanité réelle qu'avec cet idéal. L'humanité, dans toute sa complexité, m'intéresse davantage que l'icône inégalable, l'image à préserver, car l'image n'existe pas. Exister, c'est comme écrire, c'est se confronter au difficile, au réel, à l'imparfait, au danger, à l'inexact, au dissymétrique, au boiteux, au brouillon, au raté, aux nids-de-poule, aux accidents, au déchirement… L'image, elle, finissait toujours par me faire croire qu'il me manquait quelque chose. Mais la seule chose qui manquait, c'était à cette image qu'elle manquait, et c'était la réalité mouvante et imparfaite de l'existence. L'existence même. Le seul endroit où ce bonheur pouvait parfois apparaître, entre les plis, au hasard, et sans s'acheter jamais.

L'image

Pourquoi la maternité fait-elle écho en moi à l'image de soi ? Par anticipation, peut-être, celle de se voir dans les yeux de l'enfant comme dans un reflet. Quelle mère vais-je être ? Quelle femme vais-je devenir ? En serai-je seulement capable ? Une fois qu'il sera là, l'enfant, ça sera trop tard : il faudra que je tienne la route, coûte que coûte. Il faudra être exemplaire. Voilà peut-être ce que je me suis dit bêtement.

Après la fausse couche, je me suis acheté deux paires de sandales à talons. J'avais oublié ce détail qui me revient soudain, et me semble à présent tout sauf un détail, car je ne m'étais jamais acheté de telles chaussures auparavant. Elles étaient roses, et c'était bien la première fois de ma vie que j'achetais des chaussures roses – couleur du féminin. Les deux paires avaient des talons très fins, *stiletto*. Habituellement, je ne porte jamais ça, pour la simple et bonne raison que je suis incapable de marcher avec. Je suis plutôt du genre à choisir des chaussures noires ou brunes, confortables, afin de pouvoir les porter tous les jours. Mais non, cette fois-ci, ce sont des talons *stiletto* roses que j'ai achetés. Pourquoi ? Par volonté de reconstituer une féminité que l'impossibilité d'enfanter avait bafouée ? Par volonté de montrer que je suis une femme, une vraie, une qui marche perchée sur sept centimètres d'échasses ? Ou bien était-ce histoire de dire : je suis une grande, je suis capable d'être mère ? Ces deux paires de souliers à lanières roses me paraissent un déguisement. D'ailleurs, je ne les ai jamais portés. Ils trônent dans mon placard comme un attribut féminin, l'accessoire d'un costume. Cet achat n'était pas anodin, il était lié à l'image de la femme. Quelques jours après l'interruption de la grossesse, intervenait l'image de la femme. L'image de la femme vivait très bien sans la maternité, mais la maternité était souvent rattrapée par la femme.

Dans la chambre vide comme dans une pièce de musée, on pourrait mettre tous ces objets sous le néon *Life is beautiful* : le porteur doré, la moufle blanche, la bouillotte bleue, les bagues, les vestes époussetées, les deux paires de chaussures roses à talons… Cela raconterait quelque chose : l'histoire d'une jeune fille qui essaie de devenir mère, de devenir femme. Qui essaie, oui, résolument essaie, essaie, essaie… Ça, c'est toi. Toi qui essaies tant d'être belle-mère, épouse, mère, femme. « Pantomime », tu pourrais l'appeler ainsi, cette série aussi. Voici tous les accessoires de la pantomime, non des fœtus mais de la mère. Face à la salle de Moriyama, voici ta propre salle. Toi qui tentes d'assumer tous ces rôles malgré ta jeunesse, toi qui échoues mais qui, à travers l'échec, découvres ta propre identité, ta propre vérité. L'échec a déchiré la carapace.

Après quoi, c'est l'image même qui s'est déchirée. L'image, l'image... J'en avais marre de cette image : la jeune fille, la fraîcheur, la retenue, la discrétion, la joliesse... Puis, la blague, se rendre compte que tout cela n'est pas une enveloppe qui permet de se défendre, mais un carcan qui étouffe. La vie donne des coups, et même elle frappe fort. Il fallait sortir de la chrysalide : ex-ister.

Car elle en avait tué, des femmes, cette image : toutes celles qui se sont torturées pour lui correspondre. Envoyons-la balader ! L'appel de la vie, c'est le contraire de cette image figée. Ce n'est pas parce que l'on porte des talons roses que l'on est une femme. En revanche, on devient une femme... Comment ? C'est mystérieux à définir. Après le déchirement, après la mue...

C'est une force à l'intérieur, une vérité qui a fait jour. Une nouvelle identité. Cette identité n'a rien à voir avec des talons roses. Elle vient de l'intérieur.

Transmission

Femme ne signifie pas mère. « Un enfant si je veux, quand je veux ! » Ce slogan féministe était placardé partout en 1971. Depuis une cinquantaine d'années, les femmes peuvent assumer au grand jour leur désir de ne pas être mère. À partir de là, la maternité ou la non-maternité se découvre sous un jour nouveau. Naître devient d'abord être désiré, être accueilli. La transmission n'est plus automatique mais voulue. Le choix d'avoir un enfant devient un choix réfléchi. À l'heure où j'écris, le ministre de la Santé vient d'annoncer la gratuité de la contraception hormonale pour toutes les femmes jusqu'à vingt-cinq ans. Cette prise en charge va dans le sens d'une transmission réfléchie.

Il y a celles et ceux qui ne veulent pas d'enfants, qui transmettent autrement qu'en devenant parents, il y a celles et ceux qui en veulent mais pas maintenant… Et puis il y a celles qui en veulent seules, ceux qui en veulent seuls, ou celles qui en veulent entre femmes et ceux qui en veulent entre hommes. Outre l'adoption, une nouvelle manière de venir au monde s'élabore, toujours précédée par cette volonté bien pesée de transmettre le meilleur, d'accueillir avec le désir d'aimer et d'éduquer. Nous venons au monde de moins en moins par hasard ; nous y venons de plus en plus en conscience et en connaissance de cause. « Aujourd'hui, les femmes enceintes savent tout, elles ont lu, elles connaissent tous les détails médicaux, les étapes de formation de l'embryon puis du fœtus… Elles sont archidocumentées, même si cela ne signifie pas qu'elles sont davantage prêtes dans leur corps à accoucher », me disait mon médecin.

À l'heure où j'écris, l'Assemblée nationale vient d'adopter définitivement le projet de loi bioéthique qui permet aux femmes d'accéder à la procréation médicalement assistée. Ainsi, les femmes célibataires, les femmes en couple avec d'autres femmes, peuvent désormais porter la vie, sans homme. Une copine que j'ai vue récemment avait un ventre bien rond : elle avait eu accès à la PMA en Belgique. À partir de « paillettes » d'un donneur inconnu, elle avait créé la vie. J'étais fascinée par cette nouvelle méthode de venir au monde et je me disais qu'avec ces manières récemment inventées, la naissance n'avait plus le même visage qu'il y a un siècle.

Plus scientifique, plus contrôlée, mais aussi sans doute plus réfléchie et absolument désirée.

Les échographies en trois dimensions font voir un nouveau fœtus. Ce ne sont plus les photographies en noir et blanc, où l'on distingue grossièrement une forme. Non, à présent, ce sont des êtres capturés en orange, avec volume des lèvres, du nez, des yeux, du crâne... On les voit respirer, bouger les lèvres, froncer le nez, sourire...

Je considère cette nouvelle manière de venir au monde et me dis que nous sommes déjà les hommes et les femmes de demain. Déjà, les vies possibles se multiplient : vie possible pour la femme, vie possible pour l'homme, vie possible pour l'enfant à naître, vies différentes et élargissement des possibles...

Avec le réchauffement climatique, le terrorisme, la pandémie mondiale, toutes ces informations dont nous sommes désormais abreuvés, dont nous avons si précisément connaissance, la question se pose : que puis-je bien transmettre à un nouvel être à venir ? Et mon instinct poétique de répondre...

Ce que j'aimerais transmettre, c'est le matin qui se lève sur la savane sauvage, la brousse qui devient blanche au contact du jour, le réveil des oiseaux, des insectes, des fauves... Ce sont les arbres qui s'agitent doucement sous le vent, les fleurs qui poussent et fanent avec le temps. C'est une bête sauvage qui traverse une rivière, avec grâce, en silence ; un caméléon immobile, un enfant ébahi, un chat à l'ombre d'une tonnelle. C'est l'horizon infini de l'océan, les dauphins qui glissent dans l'eau transparente, le bruit des pas sur les coquillages, une cloche d'église qui sonne dans le silence. C'est la société des hommes, telle qu'elle s'est construite et modifiée, la tour de Babel, les jardins suspendus de Babylone, les pyramides d'Égypte, le Tage qui traverse Lisbonne, les plages de Tahiti, les temples du Cambodge, les baleines à bosse, les dromadaires du désert… Ce que j'aimerais transmettre, c'est la vie sur la Terre, et la vie ailleurs, les quatre saisons, les quatre coins du monde, les sculptures de Michel-Ange, les fontaines de Rome, les étés à danser sur la plage, les hivers à l'approche de Noël, c'est la poésie de vivre, l'architecture des jours et celle des monuments, l'architecture d'un arbre et celle de nos propres tracassements, c'est le doute et la joie, les livres et les peintures, les hommes et les femmes, la lune qui croît puis qui décroît, les étoiles à l'endroit, les étoiles à l'envers, la vue de la Terre depuis l'avion, l'amour à l'envers, l'amour à l'endroit, le sentiment de vivre, d'aimer et de rire…

C'est la vie

« La vie n'est pas un conte de fées. » Quand il m'avait dit ça, j'avais dix-huit ans, j'étais transportée par de grands rêves amoureux. Lui, pas du tout – ou du moins, il n'en laissait rien paraître. Nous étions jeunes et ce garçon répétait : « La vie n'est pas un conte de fées. » Je le trouvais pessimiste. À présent, je le trouve réaliste. Simplement, j'ajouterais : « mais il faut y croire. »

Il m'avait glissé : « Tu sais bien que l'on se retrouvera un jour, tous les deux. » J'avais lu assez de livres et vu assez de films pour savoir que cette phrase signifiait son exact contraire. Quand quelqu'un vous assure que ce n'est pas le moment, mais que vous vous retrouverez dans le futur, vous pouvez être à peu près sûr qu'il ne vous attendra pas sur un banc à la station « Avenir ». Fort heureusement, d'ailleurs, car vous pouvez être à peu près sûr aussi que vous n'aurez alors aucune envie de remonter dans le train en sa compagnie.

Nous nous étions donc perdus de vue. Des années plus tard, nous nous sommes donné rendez-vous, à l'endroit où mon cœur battait pour lui quand j'avais dix-huit ans. Seulement, j'en avais vingt-cinq désormais. Je n'étais plus transportée par tant de rêves amoureux et j'avais fini par comprendre que la vie n'était pas un conte de fées. Une chose nous avait amenés à nous revoir : il attendait un enfant, au moment même où j'attendais les jumeaux. Son premier enfant et ma première grossesse, notre première expérience de la paternité et de la maternité, nous la vivions simultanément. Nous nous étions laissé deux messages à ce propos, des congratulations. Puis, des mois après la naissance de son fils et peu après mon avortement, il m'avait proposé ce café, en fin d'après-midi. « Je ne pourrai pas rester longtemps, je dois aller chercher le petit. J'ai la voiture au parking. » Nous n'avions plus dix-huit ans, non.

Un café, un seul, et nous ne nous sommes plus revus. Comme prévu, il n'était pas assis à la station et je n'avais pas envie de monter dans ce train. Mais cette unique entrevue, sept ans après notre rencontre, nous avait semblé un clin d'œil de la vie. Nous avions dit cela, d'ailleurs, à plusieurs reprises : « C'est la vie… » Il était devenu père, j'étais devenue écrivain. Père ! Cet enfant allait grandir, il était la marque irrémédiable du passage du temps.

Ce jeune père était un peu dépassé. Il alternait entre les couches, les pleurs du petit et son propre travail... Cela m'a rappelé les paroles d'un ami devenu papa à dix-neuf ans : « Au début, tu ne sais pas comment faire, mais ensuite, tu t'adaptes, tu t'habitues au bébé, tu échanges avec lui... C'est comme un être humain. Euh, en fait, c'est un être humain. » Cela m'avait fait rire. Il était encore si adolescent, filiforme et longiligne, quand il avait eu sa petite fille. Elle l'appelait papa, cependant il n'avait rien d'un papa, avec ses grands bras et ses longues jambes typiques des jeunes gens qui n'ont pas vingt ans et dont le corps grandit de manière disproportionnée, sans avoir trouvé sa forme adulte. « Je suis père au foyer », disait cet ami. Il ne l'avait pas prévu. Comme dirait l'autre : c'est la vie. Il adorait sa petite fille et elle adorait son petit papa.

Comment un homme vit-il une interruption de grossesse ? La vit-il comme l'échec d'un projet dont il était l'un des initiateurs ? L'un des initiateurs du processus dont il se trouve pourtant exclu ? Mon mari ne m'en a plus parlé ensuite. Par pudeur, par peur de remuer des choses, m'a-t-il dit, pour ne pas revenir sur ce qui nous a fait mal. Il allait devenir de nouveau père, son identité allait s'épaissir, puis ça n'a plus été le cas. Lui aussi a été amputé d'un rêve. Seulement, ce rêve ne lui a pas traversé le corps. Il ne l'a pas expulsé à force de médicaments. Il lui a fallu l'expulser différemment.

Nous n'avons plus parlé de tout cela ensemble. Nous avions l'habitude de discuter de tout, d'avoir une curiosité intellectuelle insatiable et un goût commun pour soulever le tapis, afin qu'aucun sujet ne pourrisse en dessous. Nous aimions parler des choses de la vie. Mais de cela, de l'avortement, nous n'avons plus parlé. Ce silence s'est endormi entre nous, sans pourrir, mais sans faire un bruit non plus.

Je savais que mon mari se renseignait, de son côté, en regardant des émissions, en écoutant des débats sur le sujet. Cela ne lui était pas indifférent. Pour autant, il ne pouvait pas en parler avec moi, car ce choix que nous avions fait ensemble était comme un échec en trait d'union entre nous. Bien sûr, nous avions pris cette décision par amour et par responsabilité, bien sûr, nous avions pris la bonne décision… Toutefois, nous avions dû la prendre, cette décision. Cela signifiait que les choses n'allaient pas bien. L'avortement n'était pas l'échec. L'échec avait conduit à l'avortement. Les deux mots n'allaient plus l'un sans l'autre. Or, dans un couple,

« échec », c'est un mot que l'on n'aime pas prononcer. Heureusement, il existait un tas d'autres traits d'union entre nous, dont on pouvait parler. Je compris très bien qu'il préférât ne plus évoquer l'événement. Mais de mon côté, j'eus besoin d'écrire. Écrire était une manière de poser un baiser sur ce silence endormi entre nous, de le border, de lui dire ce n'est pas de ta faute, bon voyage, fais de beaux rêves, n'attrape pas froid. Non, ce n'était pas de sa faute, ni de celle de mon mari, ni de la mienne. C'était la faute de la vie. C'était la vie – cette vie qui n'est pas un conte de fées, cette vie qui est « tellement indomptable », avait soupiré mon mari. Indomptable, et pourtant nous passons notre temps à essayer de la dompter.

Peut-être est-ce simplement cela, vivre. Ne pas mater la vie comme un animal sauvage, ne pas la parfaire ni la rêver comme une histoire promise, mais la vivre tout simplement, la vivre en prenant les vagues les unes après les autres, et en serrant contre soi le sourire des enfants et l'amour des amants… Sans m'en rendre compte, j'étais en train de traverser le temps. Bon voyage… N'attrape pas froid.

Pouvoir, vouloir

Mon éditeur m'a dit : « En fait, quand vous le vouliez, vous ne le pouviez pas, et quand vous le pouviez, vous ne le vouliez plus. » Il faisait référence à la fausse couche d'abord, à l'avortement ensuite. Biologiquement, on pourrait le résumer ainsi, mais en vérité, ce n'est pas ainsi que je l'ai vécu. Je crois que, quand je le voulais, je ne le pouvais pas, la première fois, et quand je le voulais, je ne le pouvais pas non plus, la seconde fois. Car je le voulais, la seconde fois, je voulais un bébé. Mais je ne le pouvais pas. C'était impossible.

C'est cela qui est difficile à expliquer. C'était techniquement, biologiquement possible. Mais humainement impossible. Et nous sommes des humains, nous ne sommes pas des animaux. Nous ne balançons pas les enfants dans le vide, sans conséquences.

De l'inconvénient d'être né

Un autre été se lève. Les trottoirs soupirent sous la chaleur. Les arbres se dessèchent. La pollution remonte dans l'air de Paris et je marche, mes pieds gonflés dans mes sandales, sur les pavés irréguliers. Place Saint-Sulpice, l'eau de la fontaine jaillit sur le front des lions en pierre. J'aimerais y baigner mon visage aussi. En face, au Café de la Mairie, quelques estivants s'hydratent, à l'ombre des parasols. Le temps passe, lent et calme. Lui aussi soupire, les pieds gonflés. Les corps sont lourds et se meuvent difficilement à travers l'atmosphère épaisse. Je passe devant le kiosque : aucune actualité intéressante. Au mois d'août, les guerres, les scandales politiques, les coups d'État, les mauvaises nouvelles, les revirements sanitaires, les virus, les catastrophes climatiques, urbaines, sociales, semblent s'arrêter. Ils sont tous en vacances.

Je me traîne rue Bonaparte, sous le ciel éclatant de bleu. Un ange passe. J'entends sa voix, ou plutôt son rire, car il rit tout d'abord. Il me suit, battant des ailes, sous son auréole dorée, il n'a pas l'air d'avoir chaud. Avec gourmandise et humour, il se gausse. Un peu railleur aussi, il me demande : pourquoi tant de culpabilité, crois-tu donc votre vie et votre monde si enviables qu'il faille t'en vouloir de me les avoir refusés ? Avec un air de Cioran, il dit : débrouille-toi donc, dans cette existence, je t'attends là où il fait bon reposer. Crois-tu que votre vie me fasse tant envie, avec votre pandémie, vos guerres, vos attentats, vos difficultés financières, vos chagrins d'amour, vos discordes familiales et politiques, votre quotidien routinier, vos confinements, vos livres de plaintes métaphysiques ? Je vous regarde de là-haut, et j'invente le soleil, j'invente la mer, les vagues, les mouettes, j'invente l'horizon, les fleurs, le parfum, la paix. Je suis le possible. Le possible irréalisé, que tu auras toujours dans ton cœur. Je suis le possible, donc la perfection, au contraire du réalisé, donc l'imperfection. Je suis l'idéal, je suis celui qui n'est jamais venu, celui qui te posera toujours une question : qu'aurais-je pu être ? Je suis l'absence, donc la littérature. Je suis l'absence que ton cœur transforme en présence. Je suis un ange.

Il rit puis s'envole. Je souris aussi. La rue Bonaparte plonge dans la Seine, où je plonge mon regard. L'eau est verte, le soleil s'y reflète.

Dans un livre du rabbin Delphine Horvilleur, j'avais noté ce passage : « Où vont les morts ? Le seul lieu auquel la Thora fait explicitement référence est un endroit nommé *shéol* où descendraient les disparus. S'agit-il d'un territoire ou d'un monde souterrain ? Le texte n'en dit rien. Mais l'étymologie du terme est éloquente. *Shéol* vient d'une racine qui signifie littéralement "la question". On pourrait donc l'énoncer ainsi : après notre mort, chacun de nous tombe dans la question, et laisse les autres sans réponse [1]. »

Les morts ne vont pas en enfer ou au paradis, mais dans le lieu de la question. La disparition des cellules mêmes pose cette question. Je ne pouvais pas tourner la page, car ces absences soulevaient une question – une question qui reste au fond du cœur, question sur la vie possible, la mort possible.

Cet ange, c'est la question – une question avec des ailes et une auréole. Au premier degré, il est une tristesse et une insondable question dans le cœur. Au second degré, il est un rire, un trait d'humour, de cet humour qui est la politesse du désespoir. « Aucune volupté ne surpasse celle qu'on éprouve à l'idée qu'on aurait pu se maintenir dans un état de pure possibilité. Liberté, bonheur, espace – ces termes définissent la condition antérieure à la malchance de naître.

(...) Nos pensées se reportent alors vers ce monde où rien ne daignait s'actualiser, affecter une forme, choir dans un nom, et où, toute détermination abolie, il était aisé d'accéder à une extase anonyme[2]. » Cioran, dans son ironie et sa noirceur si difficile à supporter, si ce n'est avec beaucoup d'humour, savait-il qu'il mentionnait ce stade si indéfini, si délicieux, de la grossesse ? Tant de questions se soulèvent alors pour une femme : une vie possible, actualisée ou non. C'est dans notre corps même que nous vivons cet état de pure possibilité. Savait-il que l'on pouvait exactement revivre « cette virtualité bienheureuse où nous résistions à l'infâme tentation de nous incarner[3] », la revivre dans notre corps même ? C'est le miracle de la vie.

Si les disparus ont une tombe, une urne, un autel, un lieu où leurs proches peuvent se recueillir, ces possibilités disparues n'en ont pas. À défaut de pouvoir construire un terrain comme Phuc, j'écris. Que ce livre soit un endroit de repos possible pour ces rêves d'enfants, ces projets d'enfants interrompus, un endroit où ils peuvent se reposer, eux qui n'ont plus de lieu ni dans nos maisons ni dans nos dialogues, ce serait une belle chose. Que ce livre soit un endroit où nous pouvons penser à eux, et où ils peuvent sourire de nous, anges dans le ciel, ce serait bien.

Les 343

Plusieurs coïncidences étranges me frappèrent, alors que j'étais retournée un week-end en Normandie, dans la maison de bois où j'avais vécu ma première grossesse. J'aimais cette région car elle me rappelait les chevaux, le sport, le risque, les jeux de casino, les courses, l'hippodrome, la mer, la Grande-Bretagne, Françoise Sagan, Jean-Louis Trintignant, Anouk Aimée, les planches, Marguerite Duras, le cinéma américain... Il y a un contraste en Normandie entre le souffle, la vitesse, et le calme, la verdure. Les paysages ont à la fois l'énergie de la mer agitée et celle plus paisible des champs vallonnés où broutent les vaches. On s'y repose, on s'y exalte. On s'apaise, on se précipite. Les routes de goudron, lisses et courbes, qui ondulent entre les prairies, sous l'ombre interrompue des arbres, donnent envie d'appuyer un peu plus fort sur la pédale. Nous nous accordons à dire que nous roulons tous un peu trop vite, là-bas. Cependant, l'esprit divague à l'horizon, vers Trouville, vers

Deauville, au-dessus de la Manche, sur cette mince ligne grise qui sépare ciel et mer.

J'aimais conduire ma minuscule Smart à toute vitesse – ce n'était pas la Grégoire Sport de Françoise Sagan, mais elle se défendait bien, elle galopait gaiement sur le bitume. Une première coïncidence me fit sourire : tandis que je roulais sur la route de Trouville, passant près de l'aéroport de Deauville, je vis un panneau : « La Mue. » Je ne l'avais jamais remarqué auparavant. N'était-ce pas un signe du destin, que de passer sur le chemin de la Mue, après ma propre mue ? J'appuyais un peu plus fort sur la pédale de ma voiture. La petite taille de cet engin me faisait croire que je pouvais aller n'importe où, me garer n'importe comment. Ce jour-là, je me garai de travers à Deauville. Nous étions deux – d'ailleurs, nous ne pouvions pas être plus de deux dans cette voiture. Certains amis, connaissant mon goût pour la solitude et pour les réunions très privées plutôt que les grandes tablées, disaient : cette voiture te ressemble bien, c'est toi plus un. Il est vrai que l'on m'aurait moins bien imaginée à bord d'un monospace. Nous descendîmes donc, mon compagnon et moi, à la boulangerie, acheter un sandwich que nous irions manger sur la plage, assis sur les planches. Passant devant un kiosque de presse, mon regard s'attarda sur la couverture de l'*Obs*. Il titrait : « Les 50 ans du manifeste pour le droit d'avorter : Aux 343 salopes, les femmes reconnaissantes. »

Cela m'interpella. Je fis signe que je voulais acheter cette revue. Moins d'un mois après mon avortement, la une des journaux affichait le manifeste pour la légalisation de l'avortement. Quelle étrange coïncidence ! Il y a cinquante ans pile, trois cent quarante-trois femmes ont signé afin que je puisse, aujourd'hui, avorter. Je me sentis soudain, rattrapée par le cours de l'histoire, lui appartenir. Le hasard d'avorter, le hasard de tomber sur une couverture de journal mettant en avant ce que je lis, ce que je vis, le hasard de ressortir en 2021 l'actualité de 1971... Le hasard d'être complètement en accord avec cette actualité...

« Il n'y a eu aucune commémoration pour le dixième ni le vingtième anniversaire de la loi. Pour ma part, je pensais que pour les jeunes, c'était le passé, une chose désormais acquise. Aussi ai-je été très surprise du nombre de manifestations organisées pour le trentième anniversaire et surtout du fait que nombre de jeunes gens se sentaient concernés et s'y intéressaient autant que les jeunes femmes [1]. » Simone Veil aurait sans doute souri face à cette une de l'*Obs*. Le cinquantième anniversaire de la loi ne laissait personne indifférent : nous étions toujours aussi concernés par le passé, car notre présent en découlait. Hommes et femmes n'ignoraient pas ces combats.

Ébranlée, je marchais avec le journal dans une main, le sandwich dans l'autre, sur les planches de Deauville. Des rayons de soleil perçaient à travers les nuages gris. Le vent soufflait et des cavaliers passaient au loin, sur la plage, au petit trot. Nous nous assîmes, nous mangeâmes en silence, attentifs au paysage. Un chien détalait parfois, à la poursuite d'un bâton. Les mouettes criaient à la vue d'un bout de pain. Une petite activité suivait son cours, dans le calme général. La vie suivait son cours. L'enfant de mon amie avait maintenant cinq mois. Je m'imaginais avec les jumeaux, qui auraient eu cinq mois aussi. Puis, je n'imaginais plus rien. Parfois, l'imagination étouffe, elle tue. Il valait mieux regarder la mer.

La plage s'étendait à l'infini, enveloppée dans son manteau de sable fin. Elle était blanche comme le silence, blanche comme la page vide, blanche comme quelqu'un qui n'a plus rien à dire. Avant ça, elle parlait, avec ses rochers à têtes pointues, à têtes nues, elle disait je te promets, elle disait tu t'imagines, avec ses algues, ses coquillages, elle disait es-tu sûre, je ne le sens pas, avec sa vase et ses varechs, elle disait accrochez-vous, représente-toi, avec ses marées et son eau, elle disait les jumeaux, l'avenir, ton corps… Ce jour-là, elle ne prononça pas un mot. Elle n'osa pas. Le vent soulevait quelques grains, de temps à autre. La mer miroitait, grise et bleue, selon la course des nuages. Mais la plage n'osa rien dire, non, elle se tut.

Nous eûmes un peu froid, avec le vent.

— Rentrons, dit mon mari.

Nous grimpâmes dans la Smart et roulâmes en sens inverse, vers la maison de bois.

Ce que le journal rappelait, c'était le contexte du manifeste des 343. Dans la France des années soixante-dix, les femmes les plus aisées rejoignaient la Suisse ou l'Angleterre pour pratiquer l'avortement, les autres le faisaient clandestinement, au risque d'être mutilées, de tomber malade ou de mourir. « L'Angleterre pour les riches, la prison pour les pauvres ! » criaient les militantes lors du procès de Bobigny. Ce procès avait pour but de mettre en pièces la loi de 1920, toujours en vigueur, bien que des centaines de milliers de femmes avortent chaque année.

« Pour toutes, c'était la culpabilisation, le silence, la honte souvent. (…) Parfois, on apprenait que certaines d'entre elles "passaient" en correctionnelle. Mais c'était tout. Un silence opaque – hypocrisie ? crainte ? culpabilité ? – recouvrait le drame. Ces femmes poursuivies, qui étaient-elles ? Comment étaient-elles jugées ? Pourquoi avaient-elles avorté ? À quoi les condamnait-on ? Autant de questions qui restaient sans réponse. Il fallait rompre le silence[2]. »

Ces phrases-là rompaient le silence. C'était doux de se sentir appartenir au cours de l'histoire. Nous n'étions pas isolées, nous étions dans le mouvement, en mouvement. Ces femmes-là ne nous jugeaient pas : elles nous comprenaient. On ne nous laissait pas tomber. C'était doux d'être comprise, simplement comprise – non seulement dans le choix, mais aussi dans le vécu de cet acte si triste.

Marcher sous la pluie

Je ressens quelque chose de très fort, à regarder cette photographie de Gisèle Halimi, en robe d'avocate, au côté d'une jeune femme effondrée, qui camoufle sa tête dans le creux de sa main. Le manteau de la victime est froissé, de couleur pâle, la lanière de son sac à main tombe sur son épaule, elle baisse tant la tête que nous voyons sa raie. Une main cache le visage, l'autre main est portée douloureusement au ventre : lieu de douleur, lieu d'enfantement, lieu féminin. Des photographes l'assaillent, elle s'effondre.

Elle est la personne qui s'effondre en nous quand nous avons si mal. Tout, en elle, a mal.

Mais à côté, c'est le contraire, le contraste : Gisèle Halimi en robe noire et lisse, sans pliure, implacable, impeccable, boutonnée, bouton après bouton, elle ne se laissera pas faire ni défaire. Son visage est relevé, le menton haut, les lèvres plissées dans un rictus de colère qui ressemble à un sourire, le sourire de la victoire peut-être, car elle gagnera, c'est certain, elle a trop de colère, elle va défendre cette femme qui s'effondre à son bras.

Elle est la figure de la femme qui se bat, de celle que nous finissons par être pour nous-mêmes : nous relevons la tête et le menton, les cheveux partent comme une crinière de lion sur le côté, nous regardons l'adversaire droit devant et, avec notre moi effondré sur les bras, nous nous battons.

Cette photographie me bouleverse parce que c'est l'image d'une héroïne, et c'est une allégorie : l'allégorie de l'héroïsme en nous qui doit se relever et se battre pour celle qui s'effondre à l'intérieur de nous. J'ai souvent été le visage caché dans la main et la main douloureusement apposée au ventre. J'ai pleuré des litres de larmes, j'ai eu l'habitude de souffrir. Relever le menton, c'est une autre habitude à prendre. Être une femme debout sous la pluie, c'est une autre fierté à avoir, une autre attitude à adopter. Marcher la tête haute, c'est aussi défendre les autres. C'est une autre manière d'être. Cette photographie me bouleverse, parce que Gisèle Halimi se dresse, dos aux photographes, dos aux assaillants, elle fait face. Je voudrais tant pouvoir faire face ainsi, relever la tête… Il faut faire face, il faut être une femme debout. Si j'avais été contrainte à faire un choix d'une telle envergure, c'était parce que la manière dont je vivais ma vie ne me plaisait pas, et si j'avais pu faire un choix d'une telle envergure, c'était que j'avais la possibilité aussi de choisir, désormais, une autre manière de conduire ma vie, afin qu'elle finisse par me plaire. C'était cela, relever la tête et marcher sous la pluie. C'était cela être une femme.

Hasards

Le soir, dans la maison, je décidai de mettre un film. Il y avait un DVD qui traînait, une réalisation de Claude Sautet, avec Romy Schneider en rôle principal. Cela ne me laissait aucun doute : ça allait me plaire. J'avais vu *Max et les Ferrailleurs, César et Rosalie*... Je ne lus même pas le résumé au dos, et mis immédiatement le disque dans le lecteur, contente d'avoir trouvé de quoi passer une belle soirée.

— Tu as mis quel film ? me demanda mon mari.

— Un film de Claude Sautet, répondis-je, évasive.

Nous nous installâmes confortablement devant, sans savoir ce dont il s'agissait. Quel hasard, alors, de découvrir cette première scène dans laquelle Marie, jouée par Romy Schneider, est assise dans une pièce à la fenêtre ouverte. Une femme lui demande :

— Et cette décision, vous l'avez prise seule ?

— Oui.

— Mais il y a deux mois, quand vous l'avez fait, vous le vouliez ?

— Oui.

— Et pourquoi plus maintenant ?

— Parce que...

Nous comprenons qu'elle est chez sa gynécologue. Dans la scène suivante, elle est alitée, à l'hôpital, anesthésiée. Elle avorte. Ensuite vient le moment de la lettre qu'elle écrit à son compagnon : « Serge, avant que tu partes, j'attendais cet enfant. Maintenant, je ne l'attends plus. Si j'ai fait ça sans t'en parler, c'est parce que je ne savais pas comment te dire que toi aussi, je t'attendais, et que je ne t'attends plus. » La voix de Romy Schneider, son phrasé, son élégance magnétique et malheureuse, son chignon serré, ses yeux bleus...

En 1973, l'actrice avait signé le manifeste des 374 Allemandes, intitulé « *Wir haben abgetrieben !* » et qui était l'équivalent du manifeste des 343. Elle y précisait qu'elle avait elle-même avorté. La surnommée « Sissi » devint « la Putain » et fut traînée en justice devant les tribunaux allemands. Des centaines de lettres de femmes assurant qu'elles avaient aussi avorté affluèrent alors au tribunal de Berlin, lequel interrompit ses poursuites. Ce rôle d'une femme des années soixante-dix, forte, émancipée, épousant les mouvements féministes de son époque, accueillant les réformes nouvelles, n'était donc pas étranger à sa personne. Sous les traits de Marie, Romy Schneider murmure : « Maintenant, cet enfant était devenu comme un silence entre nous, Serge, alors je me suis défaite de lui comme je me suis défaite de toi. J'essaie de te l'écrire, essaie de me comprendre. »

Nous n'avons rien dit, nous avons regardé ce film si beau, cette histoire si simple et, doucement, quelque chose a frissoné entre nous – c'était notre propre silence.

Une histoire simple

C'est l'histoire d'une femme qui attendait un enfant et qui ne l'attend plus, comme on attend tant de choses dans la vie, puis on ne les attend plus. Je pense à mes amies. Je me dis que cette femme a seize ans, dix-sept ans, qu'elle en a vingt-cinq, trente, quarante. Elle a une raison bien à elle, une raison que les autres ne connaissent pas toujours. Elle a peut-être un trou dans le cœur, après ça. Peut-être pas.

C'est l'histoire de ces femmes qui ne peuvent pas avoir d'enfant, biologiquement. Elles ont des grossesses difficiles, elles accouchent d'un enfant qui ne survit pas, elles habillent d'une petite laine d'adieu ce corps qu'elles ont créé et auquel elles doivent déjà dire au revoir, ce petit être dont les pieds n'ont pas touché le sol et qui part déjà pour le grand voyage. Beaucoup attendent, ne voient même pas leur ventre s'arrondir ou perdent cet espoir dans une fausse couche douloureuse. Certaines doivent se séparer d'un embryon mal formé. Chacune a sa propre histoire de la maternité. Certaines ne veulent pas d'enfant.

Ce sont des femmes qui parlent, qui se souviennent, qui disent soudain au bout du fil, d'une voix cassée, ce qu'elles semblent n'avoir jamais dit. Elles font une confession. Ce sont des adieux que tout le monde ignore, que tout le monde tait, mais des adieux qui ont eu lieu.

Après l'absence

Honte, culpabilité, remords... Conne, irresponsable, bête... J'ai eu ces sentiments, je me suis adressé ces insultes. Puis, tout s'est estompé pour laisser place à une seule émotion : la tristesse. Je peux difficilement prendre cette petite moufle blanche dans le creux de ma main sans un pincement au cœur. Souvent, je pose un baiser dessus. Ce baiser, je l'envoie à l'enfant qui n'est pas né. Cette moufle est mon lieu de recueillement. C'est pratique de pouvoir glisser un lieu de recueillement dans sa poche – aussi insolite que le deuil d'un être qui n'est pas né.

Je n'ai pas de regret, car ma grossesse aurait été épouvantable et n'importe quel enfant à venir mérite mieux que ça, me dis-je. J'aurais accouché dans le chaos, l'enfant serait venu au monde avec tout ce passé d'angoisse attaché à lui, déjà. Ce n'était pas un cadeau. Mais j'ai cette tristesse dans mon cœur. Je me l'autorise quand je suis seule, c'est la tristesse d'une femme, c'est tout. Après l'absence, seule cette brisure reste, et elle marque le passage à l'âge adulte : cette jeune fille est devenue une femme. Pourquoi ? Parce que quelqu'un allait compter sur moi, et je n'ai pas été capable d'assumer cette tâche. Maintenant, je dois me défaire de mes douleurs, je dois être capable. J'ai cette moufle comme une obligation : celle d'être mieux. Je ne sais pas pourquoi je le vis comme ça. Je suis triste de ce qui est arrivé. J'aurais voulu, je n'ai pas pu. Je ne pouvais pas.

La statue dorée et la moufle blanche sont chez moi. Pourquoi les jeter cependant ? Elles font partie de l'histoire, du chemin compliqué de la maternité. Elles me rappellent ce que c'est que de devenir deux, même trois. Ce sont elles, les totems d'adieu. Chaque échec, chaque absence nous pousse à redéfinir une existence. Ce que la statue et la moufle signifient, c'est un au revoir – un au revoir qui trace les contours d'un rêve plus précis.

Que deviennent-elles, ces femmes que l'on laisse après l'événement ? Que deviennent-elles sur les trottoirs de la vie ? Quel vide transportent-elles, quel deuil ? Elles reconstruisent, elles construisent autre chose, elles poursuivent un rêve que les contingences n'ont pas effrité. Elles deviennent plus solides, plus présentes à elles-mêmes, plus sûres d'elles, tout comme le rêve qu'elles continuent de transporter.

Parfois, ce rêve est celui d'un enfant. Parfois, il est celui d'une autre vie. Ce rêve aussi devient plus solide, plus présent à lui-même, plus sûr de lui.

Cette statue est un rêve. Cette moufle est un rêve. Ce rêve s'est consolidé. Il s'est précisé.

Journal

27 octobre

Journée bleue. Le soleil est haut dans le ciel.

J'ai rendez-vous le matin tôt, au laboratoire, pour une prise de sang. L'air est sec, frais, c'est l'automne. Les rayons lumineux brûlent les feuilles mortes, elles apparaissent rouge vif sur les arbres remballés pour l'hiver, comme des gants au bout de longs bras décharnés. Flamboiement de roux et azur sans nuage : c'est une belle journée.

L'infirmier me demande :

— Pourquoi votre médecin veut-il contrôler le taux d'hormones avec cette prise de sang ?

Je tends mon bras, plutôt maigre. On dirait une branche. La seringue prélève un peu de rouge : flamboiement au bout de la branche. C'est l'automne, oui. Je suis un arbre que les saisons ont transformé. Je songe à la neige épaisse du premier jour, à la sève du printemps qui n'est plus, je songe à l'été si lourd… Enfin, l'automne ! Enfin, les feuilles mortes tombent de l'arbre.

Rouge, rouge, et craquèlement, je respire puis, évasive, je réponds :

— Il souhaite vérifier ce taux, suite à… des grossesses.

— D'accord ! Quel âge ont vos bouts de chou ?

Il a un grand sourire. Je souris à mon tour :

— Justement, je n'en ai pas.

Silence dans la salle. Puis, nous continuons de sourire tendrement tous les deux.

En sortant, je traverse la place Saint-Sulpice, que j'aime tant. J'entre dans l'église et me dirige au fond, dans l'alcôve où la Vierge immaculée tient l'enfant contre son cœur. Je pense à toi. Je me dis, c'est bien, c'était impossible. Tu aurais dû naître demain. Je pense à toi, mais qui es-tu, toi ? Un garçon, une fille ? Une simple possibilité. Je lève les yeux vers cette Vierge et pense : tu es ma liberté.

La plage

C'est un silence maintenant – un long silence qui succède au tumulte. Tumulte d'un rêve, tumulte de projets mis en place et qui ont échoué… Ce silence, c'est peut-être celui du deuil. Une minute de silence. Et le silence du corps aussi, après tant de transformations.

C'est le silence de la mer plane après l'orage. Le silence des matins sur la plage encore grise d'avoir été soulevée par les vagues et le fond marin. Au-dessus du sable, les coquillages sont retournés, les algues déposées sur le devant. La plage du matin après l'orage, c'est elle, avec des morceaux de bois, de plastique, de verre et de mer. Le silence tombe sur cette grande plage muette, douloureuse et déserte – cette plage qui ne parle pas, mais sur le visage de laquelle tout est inscrit. Une femme seule marche et la traverse.

Évitant les décombres sous ses pieds, elle avance. Le ciel est encore gris, seulement il n'est plus lourd. Il a lâché toute sa tristesse, il a balayé son chagrin, il est clair maintenant, vidé. Les nuages forment une masse moins épaisse. Résidus de noirceur sur un ciel devenu clair, ils voilent simplement la lumière, qui ne perce pas mais transparaît.

La femme traverse ce silence. Puis, tout doit changer, se dit-elle. Derrière, après le silence, avant que le bruit ne reprenne, tout doit avoir changé. Voilà ce qu'elle pense, en silence, et elle avance. Elle laisse derrière elle le passé, fait d'erreurs, d'illusions, de schémas préconçus, de méprise, de moments heureux aussi, mais de méprise forcément, puisqu'elle en est arrivée là, sur cette plage, à marcher seule. On se retrouve seul sur cette plage parce que l'on s'est trompé avant, et l'on s'y retrouve par choix, parce que l'on a choisi de tourner la page, de se réinventer. C'est à cela qu'elle pense, et elle pense qu'elle ne veut plus y penser. Elle avance. Seule, elle avance.

Elle va vers l'horizon. La plage semble infinie. Elle avance vers le bout de la plage comme on avance dans la vie, sans savoir quand ça s'arrêtera, sans savoir où ça s'arrêtera, ni comment ni avec qui ni pourquoi. Une seule chose est sûre, c'est que ça s'arrêtera. La plage finira bien par céder, à la terre ou à la mer. Elle ne peut pas s'éterniser.

Plus la femme avance, plus le temps passe, plus les nuages s'écartent. Une lumière claire, celle d'un soleil nouveau, paraît.

Cette plage est une plage d'espérance, une plage d'existence, une plage où l'on tourne la page, une plage de silence.

Cette femme, c'est Julie, c'est Marie-Claire, c'est Line, c'est Élodie, c'est Jeanne, c'est Pascale, c'est Ariane, c'est Romy, c'est cette femme.

Journal

28 octobre

C'est aujourd'hui que tu aurais dû naître. Sous le calendrier des jours, j'ai tenu un calendrier des rêves : nos quatre ans d'amour, ta naissance, la première année des jumeaux… Ces dates irraisonnées se superposent aux dates de la réalité. J'appose à ce jour ton nom, comme un nom de saint, je fais une prière muette.

Cependant, j'ai changé. Ton absence m'a transformée. Après ton départ, j'ai travaillé sans relâche à émerger de cette grande noyade pour tenir, enfin, debout sur mes deux pieds. Nous sommes en octobre et ça y est, je n'ai plus peur des autres, je suis arrivée dans ce port nouveau, la réalité, et j'avance afin que tu sois fier de moi. J'arrête de me plaindre, de me perdre, j'arrête de dire oui quand je voudrais dire non. Je construis une existence dont les fondations sont solides. Je tiens debout, tu vois ? Je suis une femme, depuis toi.

Bientôt, nous pourrons continuer dans le soleil. Je saurai m'organiser pour porter le reste de ma planète, et celles qui gravitent autour.

C'est ton jour, je te porte en moi comme une dignité, comme une chose qui m'oblige. À ne pas être en vie, tu m'obliges à la vie. Et parce que tu n'es pas né, je sais que je dois naître.

Notes bibliographiques

La lutte

page 43 :

1. Simone Veil, discours de clôture des Rendez-vous de l'histoire, Blois, 17 octobre 2004.

page 48 :

2. Françoise Parturier, *Lettre ouverte aux femmes*, Paris, Albin Michel, 1974.

Féminisme

page 60 :

1. Michel de Montaigne, *Essais*, Livre III, chapitre V, Paris, Gallimard, « Folio classique », 2009.
2. François Poullain de la Barre, *De l'égalité des deux sexes. Discours physique et moral où l'on voit l'importance de se défaire des préjugés*, Paris, Gallimard, « Folio », 2015.
3. *Ibid.*
4. Jean-Antoine-Nicolas de Caritat, marquis de Condorcet, *Sur l'admission des femmes au droit de cité*, Presses électroniques de France, 2013.

page 61 :

5. *In* Benoîte Groult, *Le Féminisme au masculin*, Paris, Grasset, 2010.

page 62 :

6. Ernest Gaubert, *Ce qui a été dit sur la femme depuis 30 siècles*, Librairie des Annales, 1920.
7. Virginia Woolf, *Une chambre à soi*, Paris, 10/18, 2001.

page 63 :

8. Simone de Beauvoir, *Le Deuxième Sexe*, Paris, Gallimard, « Folio », 1986.
9. Gisèle Halimi, *Une farouche liberté*, Paris, Le Livre de Poche, 2021.

Du danger que représente l'écrivain

page 76 :

1. Albert Camus, *Discours de Suède, Prix Nobel 1957*, Paris, Gallimard, « Folio », 1997.
2. *Ibid.*

Avoir un être

page 105 :

1. Simone Veil, discours de présentation du projet de loi sur la dépénalisation de l'IVG à l'Assemblée nationale, Paris, 26 novembre 1974.

L'âme

page 117 :

1. Simone de Beauvoir, *Le Deuxième Sexe*, Paris, Gallimard, « Folio », 1986.

2. *Ibid.*

L'événement

page 129 :

1. Gisèle Halimi, *Une farouche liberté*, Paris, Le Livre de Poche, 2021.

Identité

page 134 :

1. Italo Calvino, *Leçons américaines*, Paris, Gallimard, « Folio », 2018.

Médecine

page 148 :

1. Yvonne Knibiehler, *La Révolution maternelle depuis 1945*, Paris, Éditions Perrin, 1999.

La difficulté d'écrire

page 157 :

1. Simone de Beauvoir, *Le Deuxième Sexe*, Paris, Gallimard, « Folio », 1986.

page 160 :

2. *Ibid.*

page 161 :

3. *Ibid.*

Le choix

page 163 :

1. *In* Gisèle Halimi, *Choisir de donner la vie – La liberté des libertés*, Paris, Gallimard, 1979.

page 164 :

2. Simone de Beauvoir, *Le Deuxième Sexe*, Paris, Gallimard, « Folio », 1986.

page 166 :

3. Gisèle Halimi, *La Cause des femmes*, Paris, Gallimard, 1992.

Kaddish pour l'enfant qui ne naîtra pas

page 170 :

1. Line Papin, *Les Os des Filles*, Stock, 2019.

Dans les yeux de mes amies

page 177 :

1. Simone Veil, discours de présentation du projet de loi sur la dépénalisation de l'IVG à l'Assemblée nationale, Paris, 26 novembre 1974.

Écrire au féminin

page 195 :

1. Stuart Mill, *Lettres à Auguste Comte,* Wentworth Press, 2018.

La mère de ma mère

page 201 :

1. Gloria Steinem, *Ma vie sur la route : Mémoires d'une icône féministe*, Paris, HarperCollins, 2019.

Prêtresse du bonheur

page 207 :

1. Benoîte Groult, *Ainsi soit-elle*, Paris, Grasset, 2003.

page 208 :

2. Paul Morand, *L'Allure de Chanel*, Paris, Gallimard, « Folio », 2009.

page 209 :

3. Virginie Despentes, *King Kong Théorie*, Le Livre de Poche, 2007.

page 210 :

4. Michelle Perrot, « L'égalité est un but, un chemin, une bataille », Le 1, numéro 306, *Égalité,* Mercredi 22 Juillet 2020.

De l'inconvénient d'être né

page 233 :

1. Delphine Horvilleur, *Vivre avec nos morts*, Grasset, 2021.

page 234 :

2. Emil Cioran, *De l'inconvénient d'être né*, Paris, Gallimard, « Folio Essais », 2008.

3. *Ibid.*

Les 343

page 237 :

1. Simone Veil, discours, congrès Gynovations, Cannes, juin 2005.

page 240 :

2. Gisèle Halimi, *La Cause des femmes*, Paris, Gallimard, 1992.

Cet ouvrage a été composé
par Maury à Malesherbes
et achevé d'imprimer en France
par CPI BRODARD & TAUPIN (72200 La Flèche)
pour le compte des Éditions Stock
21, rue du Montparnasse, 75006 Paris
en février 2022

PAPIER À BASE DE FIBRES CERTIFIÉES

Stock s'engage pour l'environnement en réduisant l'empreinte carbone de ses livres. Celle de cet exemplaire est de :
850 g éq. CO_2
Rendez-vous sur www.editions-stock-durable.fr

Imprimé en France

Dépôt légal : mars 2022
N° d'édition : 01 - N° d'impression : 3047223
85-51-7021/3